致青春 040

只想和你好好的

（上）

東奔西顧　著

高寶書版集團

目錄
CONTENTS

第一章　驕陽似火，明媚如光

那天的天很藍，
微風吹起妳的長髮和衣角。
妳在畫風景，而我在畫妳。

那年夏天，天氣異常地炎熱，十七歲的紀思璿在看到自己的大學錄取通知書時愣了一下，眨了眨眼睛，在幾處強調的字上又重點掃了幾眼，然後極快地把通知書塞回快遞袋裡，扔到書桌抽屜的最底層，如同往日一樣，騎著自行車開心地出門去了。

那一年，年屆弱冠之年的喬裕已經在那個學校生活了一年，算得上風雲人物，學著自己喜歡的主修科目，做著自己想做的事，就差一個他愛且愛他的人。

紀思璿收到錄取通知書的那天，喬裕正在參加學期末的最後一場考試。授課的教授別出心裁，選了一處古蹟寫生，當作結業考試。

那天，他坐在隊伍的最後，建築物前的助教還在講著一些注意事項，或許是天氣太熱，他聽得有些不耐煩，這種僵化的思維把學生都教傻了。他一直覺得建築是有靈性的，創意是最重要的，他不想再聽，只得百無聊賴地扭頭看向一邊。

那是他第一次見到紀思璿，他沒有告訴過任何人。

在此之前，他從來不知道一個女孩子可以漂亮得如此驚豔，明媚到讓你無法直視，或許就是因為太明媚，在後來的日子裡她一不高興，喬裕就會有種天要塌下來的陰沉感覺。

那時候的紀思璿青春逼人，鬆鬆散散地綰著馬尾，穿牛仔吊帶短褲、白T恤、帆布鞋，眼波流轉間莞爾一笑，清澈如水。

她站在離他們不遠的柳樹下，拿著畫筆不時抬頭看著建築物，然後一臉專注地在畫板上塗繪。

他覺得她身上有股特殊的靈氣，她手底下的那幅作品一定是佳作。

考試很快開始了，耳邊除了風聲和蟬鳴，只有筆觸在紙上的沙沙聲，喬裕沒忍住，再轉頭卻發現那女孩的身邊站了一個男孩，她正歪頭看著他，腦後的馬尾斜斜地垂在耳邊，嬌俏調皮。

喬裕這才看到她的正臉，皮膚晶瑩剔透，五官立體精緻得像個漂亮的洋娃娃。女孩被打擾了，似乎有些不高興，皺著眉懶懶地抬眸，聽著聽著不知為什麼，眼底忽然閃過一絲狡黠的光芒，繼而壞壞地笑起來。不知道她又說了句什麼，那個男生落荒而逃，她看著男生的背影露出得意的笑容，眼底帶著細碎晶亮的光，讓人移不開視線。

他不自覺地抬筆，在畫紙的右下角開始畫，那天的天很藍，微風吹起妳的長髮和衣角。

妳在畫風景，而我在畫妳。

喬裕就這樣畫掉了考試時間，等他回神時，交卷時間已經到了，他只能硬著頭皮交上去。

等他再轉身去看時，發現那個女孩已經走了。

那時太陽快下山了，暑氣沒那麼重，地面還是滾燙的，可風中已經帶了些許涼意，喬裕站在微風中忽然間有些失落。

那天晚上，紀思璿把自己下午畫的畫拿給紀老爺子看的時候，紀老爺子罕見地誇她有長進，紀思璿的笑容裡似乎多了點意味不明的心虛。

她一切如常地度過學生時代最長、最輕鬆的一個假期，直到臨去報到的前一天都沒有告訴任何人，她填錯了志願。

在此之前，她根本不知道臨床醫學是個什麼鬼。

◇

新學期一開始，喬裕就過得不是那麼順利。

林辰匆匆跑進寢室看了看，蕭子淵靠在床上看書，溫少卿正在努力把一根像是骨頭的東西串到鑰匙圈上。

「哎，喬二呢，不是說好要去迎新嗎？」

蕭子淵眼皮都沒抬，慢條斯理地開始磨刀，「建築系第一大才子剛才被最看重他的老教授叫去辦公室臭罵了一頓，又匆忙回來拿了工具去補考。」

林辰一臉驚愕，「誰？喬裕？補考？」

溫少卿終於成功地把從解剖室摸來的骨頭串到鑰匙圈上，抬手指了指桌上的繪圖紙，

「喏，犯罪證據在這裡。」

喬裕補考回來時，就看到同寢室的三個人正站在一起，津津有味地研究那張繪圖紙，還討論得熱烈不已。

看到他進來，三個人極有默契地抬起頭來輪番發問。

蕭子淵：「咦，什麼時候畫的？很不錯啊，怎麼畫在繪圖紙上？」

溫少卿：「嗳，你不是說你肖像畫得不好嗎？這張很不錯啊。」

林辰：「嘿，這女生是誰啊？」

喬裕走過來搶過繪圖紙收起來，「沒什麼，就是順手隨便畫了一下。」

蕭子淵瞇著眼睛，「考試的時候？」

溫少卿補刀，「順手？隨便？」

林辰總結：「還順便不及格？」

喬裕皺著眉把繪圖紙塞進抽屜裡，「滑鐵盧不行啊？」

那時的喬裕不知道，他正在迎接人生中最大的滑鐵盧。

◇

相較之下，紀思璿的大學生活卻過得優哉遊哉，除去填錯志願報錯科系的遺憾，她對自己的大學生活基本上很滿意。

同寢室的三個女孩子剛認識，看起來性格也很好，直到有一天——

或許是時間久了，刻意偽裝的面具紛紛脫落，暴露出真面目，紀思璿這才發現自己的三個室友都是神人。

先是三寶因為「燙手事件」暴露了她令人擔憂的智商。

某天，紀思璿從外面回來就看到三寶翹著蘭花指一臉憂愁，便問了一句：「手怎麼了？」

三寶繼續翹著僵硬的蘭花指說：「燙傷了。」

何哥從電腦前抬起頭來：「不是跟妳說了嗎？牙膏清涼止痛。」

三寶一臉委屈，指著旁邊擠扁了的牙膏，「我都吃掉一條了，還是痛！」

隨憶抱著書從外面進來，聽到這句話絲毫不驚訝，只是慢悠悠地接了一句：「妳吃的品牌可能不對，我這裡有高露潔，妳要不要再吃一條試試看？」

何哥在電腦旁笑得無法自拔。

紀思璿搖搖頭，摸摸三寶毛茸茸的腦袋說：「我還是帶妳去醫院吧。」

三寶笑嘻嘻地開口：「還是妖女妳最好了！」

紀思璿看她一眼，「掛腦部神經科，妳的手沒事，我覺得是妳的腦子壞了。」

說完三個人哈哈大笑，留下三寶一臉哀怨。

幾天之後，何哥彪悍的本性也暴露無遺。先是上課時用一隻手把人體骨骼模型捏碎，震驚了全班，還突發奇想地用三秒膠和透明膠帶黏黏纏纏，企圖矇混過關但被揭穿。繼而在體育課上使出一記過肩摔，把號稱是跆拳道黑帶的體育老師放倒，最後在體檢時憑藉非凡的身高、體重、肺活量傲視全班男生。從此何文靜的大名再也沒人提起，何哥的名號實至名歸。

最讓紀思璿看不透的是隨憶，明明看起來溫婉可人，卻總是透著一股若有似無的腹黑，常常語出驚人。

某日，同一層樓的一個女孩在寢室樓下和男朋友打情罵俏時偶遇她們四個，四人打了個招呼便自動退散。

誰知道當天晚上那個女孩便來到她們寢室，嘰哩呱啦說了半天甜蜜戀愛史。不知是炫耀呢，還是真的來詢問她們的意見。

畢竟住在同一層樓，抬頭不見低頭見，四個人又不好直接翻臉，擺著笑臉但其實早就聽膩了，紛紛低頭用手機在四人群組裡吐槽。

何哥：我去！她是在炫耀嗎？

三寶：她到底什麼時候走？妖女！妳不能任由她這麼得意！不然妳去勾引她男朋友吧？肯定手到擒來！

妖女：……我沒那麼無聊，還是何哥把她打出去比較快。

隨憶：不可以打女人。

女孩說了半天，大概是沒有收到任何羨慕嫉妒恨的資訊，虛榮心沒有得到滿足，主動開口問：「我男朋友是不是很棒、很高大上？」

隨憶一直安安靜靜地聽著，聽到這裡忽然開口：「高應該是夠了，大不大就不知道了，妳可以上了試一試，畢竟光大是不行的，還得深。」

三個人愣了一下，集體噴笑，女孩一臉灰溜溜地走了。

至此，紀思璿便知道這個叫隨憶的女孩子是不可以隨意招惹的。

其實紀思璿和隨憶在某些方面很像，只不過一個是毒舌在嘴上，簡單直接；一個是腹黑在心裡，委婉內涵。相似的人關係總是很微妙，氣場不合，便是王不見王，氣場合了，便是惺惺相惜。

紀思璿和隨憶恰好是後者，是知己，是好友。紀思璿是第一個察覺到隨憶喜歡蕭子淵的人，而隨憶也是第一個意識到紀思璿動了凡心的人。

其實紀思璿沒想過要在大學裡談戀愛，可是她喜歡的那個人總是毫無預兆地突然出現在她的生命中，躲不掉，避不了。

是的，喬裕就是那個人。

那個時候，她打算從醫學系轉到建築系，這也是她本來的計畫，便找了同學的姊姊，是一個建築系的學姊打聽一下，約在建築系的教學大樓見面。

其實教學大樓的結構都差不多，建築系的教學大樓也沒什麼特別之處。她從一間間自習教室外走過的時候，再一次被一個陌生的男孩攔住去路。

紀思璿從小到大一路頂著美女的名號，這樣的情形不知經歷了多少次。男孩紅著臉支支吾吾半天，眼看和學姊約好的時間已經到了，可男孩還在說。她不耐煩地一歪頭，便看到旁邊教室裡坐著一個男生，和她只隔著一層薄薄的玻璃。

那天的天氣很好，好到若干年後她仍舊記憶深刻。陽光非常明媚，明媚到刺眼。他坐在一團陽光裡，溫柔帥氣得像個王子，動人心弦，那一刻她的心都是軟的。連因為不耐煩而緊抿的唇角都不知在何時放鬆了下來，微微彎成柔和的弧度。

喋喋不休的男孩因為她的淺笑而失神，可她早已聽不見攔住她的男孩在對她說什麼，眼前只有那張俊秀的側臉。

她被叫醒，回神，愣愣地接過男孩遞給她的一個信封，僵硬地往前走。

走到轉角再回頭，玻璃那側的男生依舊垂著眉眼，靜靜地看書。

一本書，一枝筆，一杯水，一個側影，許久不散。

直到出了教學大樓，她才徹底清醒，又急匆匆地衝進大樓裡，找到約好的自習教室，見到約好的人，可她卻有些心不在焉了，隨便問了幾個不痛不癢的問題之後便不再開口。

學姊送她時，再經過那間自習教室，紀思璿猶豫了一會兒，假裝隨口地問：「那個男生是誰啊？」

學姊忽然就笑了，「眼光不錯啊，這個問題有好多女孩子都問過我，不過妳怎麼連他都不認識？」

學姊看她一頭霧水的樣子便不再逗她，「建築系這個地方，向來是以才子眾多而出名的。妳問起的這位呢，恰好穩坐建築系才子的頭把交椅，該才子姓喬名裕，南有喬木的喬，富裕的裕，學生會四大貝勒之一。」

紀思璿挑了挑眉，忽然笑了。

南有喬木，不可休思……

於是一連幾天，紀大美女都是一副時而出神時而詭笑的恍惚狀態，搞得同寢室的三人都以為月圓之夜就是她變身之時。

再見他，卻是在學生會的面試上。

◇

喬裕也沒想到會再見到這個女孩。

紀思璿推門進來時，原本安靜的會議室忽然騷動了起來。

林辰坐在面試桌後挑眉看了一會兒，忽然靠近坐在他旁邊的喬裕，在他耳邊小聲嘀咕：「這女孩怎麼看起來那麼眼熟啊？」

喬裕這才抬頭看了一眼，很快又低下頭去翻手裡的報名表，沒有回答，卻忍不住彎起唇角，心裡默默認同：確實眼熟。

旁邊有人聽到了便湊過來，「你們不認識她啊？」

林辰轉頭看了眼身後，隔著幾排的一群男生，目光不停地往那個女孩身上掃，也有了興致，「這是誰啊？」

那人也八卦地說：「醫學系的那個美女嘛，一入學就造成轟動，不知道被多少男生奉為女神！X大多少年沒出過這麼妖嬈的美女了，她就是人氣超旺、超出名的那個紀思璿嘛！人美也就算了，聽說還是個才女，非常會畫畫，而且還畫得很好的那種。妖女姓紀，甜到憂傷。」

喬裕和林辰聽了一會兒，紛紛搖頭表示沒聽說過。

紀思璿氣定神閒地坐在椅子上看著他們議論，微微歪著頭，又輕輕蹙著眉，澄澈漂亮的眸子眨啊眨，看起來格外清純無辜，但清純中帶著一絲妖氣。

這個男人長得真好看，臉部的線條清晰漂亮，五官深邃立體，那雙眼睛又是極難得的丹鳳眼，笑起來時整張臉溫暖柔和，俊秀異常。沒有那種刺目的驚豔，而是如同他渾身上下散發的溫和氣息一般，不緊不慢、不動聲色地緩緩流入人心中。

靜水流深，大抵便是如此吧。

喬裕一抬頭便看見她睜著一雙純淨的大眼睛盯著他們。他輕咳一聲，示意其他兩個人開始面試。

女孩一直盯著他看，喬裕不知為何竟然有些尷尬和緊張，「那個……」

紀思璿好整以暇地看著他，微微笑著，慢條斯理地開口提醒：「紀思璿。」

林辰似乎看出了點什麼，歪著身子小聲調侃：「到底是誰面試誰？你緊張什麼？」

喬裕睨了他一眼，神色迅速恢復正常，剛開口準備提問，便被她硬生生地打斷，「坐在最右邊的這位同學，你長得是我的菜，你以後就是我的人了。」

清脆甜美的女聲之後，便是一片譁然。

紀思璿神情自若，但言辭輕佻。

喬裕坐在她對面，一臉錯愕，不知所措。

只有紀思璿自己知道，剛剛在大庭廣眾之下宣布他的「歸屬問題」時，她是多麼心跳如雷。

面試結束後，林辰以一副拚命忍笑的模樣攬著一臉無奈的喬裕出門，而從另一間辦公室裡面試出來的蕭子淵和溫少卿同樣有些異常。溫少卿彎著眉眼，一副發現了什麼不得了的事情的神情，蕭子淵的臉上倒是看不出什麼，只不過似乎……心情很好？

四個人面面相覷，爾後自然平靜地各自移開目光，各懷鬼胎。

林辰主動問：「對了，我妹妹面試怎麼樣？」

溫少卿看了蕭子淵一眼，「別叫得那麼親熱，人家姓隨，你姓林。」

林家和隨家是世交，林辰和隨憶從小就認識。林辰知道隨憶也報考了這所大學時，興奮了好久，相比之下，這個妹妹倒是很淡定。

林辰擺擺手，「從她出生我就認識她，我是沒有親妹妹。她啊，跟我親妹妹沒什麼兩樣。到底怎麼樣啊？」

沉默許久的蕭子淵忽然開口，言簡意賅，「你這個妹妹……很特別。」

溫少卿想了想，「你這個妹妹是不是壓根就不想來學生會？你逼她來的？」

林辰一臉驚愕，「你怎麼知道？」

剛才在那間辦公室圍觀的群眾立刻跳出來，「她每個回答都像是來砸場子的！問她為什麼加入學生會，她竟然說是為了加分，可以少修一堂課。少修一堂課就可以節省時間用來睡覺！」

一群人立刻又笑瘋了。

然後有人從後面探出腦袋，「這麼巧？我們這邊也有個砸場子的！」

「哦？」

「是啊是啊，還翻了喬大少爺的牌子。」

「快說快說！」

一群人鬧得開心，喬裕撫額苦笑，「人家小女生就是開個玩笑，你們不要當真好不好？」說實話，喬裕真的只當這是一個玩笑，他還記得幾個月前第一次見到她，她壞笑著嚇走那個上前搭訕的男孩時，眼底也是帶著這樣的狡黠和得意，像個惡作劇得逞的小孩子，和今天一模一樣。

回去的路上，喬裕仔細想了想，這個女孩子還是挺有意思的。長得那麼漂亮，明明是被別人調戲的命，卻喜歡調戲別人；而她的可愛之處在於從不掩飾自己的調戲，那抹輕佻和風流從眼底眉梢漫出來，讓人不敢相信卻不得不承認，自己被戲弄了。

溫少卿歪頭看了一眼，碰碰林辰，「他一個人在那裡開心什麼？」

「大概是被當眾宣布了歸屬權問題，有了歸屬感。」林辰摸著下巴，若有所思，「說真的，我真的覺得那女孩很眼熟，在哪裡見過啊？我想想……」

更讓喬裕沒想到的是，當天晚上竟然又遇到了紀思璿。

那天晚上是林辰請隨憶吃飯，叫了自己寢室的三個人作陪，順便見一見隨憶同寢室的三個女生。

紀思璿、三寶和何哥之前也不知道，原來隨憶的這個哥哥與和他同寢室的三個男生這麼有來頭。

隨憶來報到時，林辰帶室友來見過她，所以隨憶便一個一個做了介紹。

「機械系的蕭子淵蕭學長、建築系的喬裕喬學長，這位是我們系上的溫少卿溫學長，最後這位是和我一起長大的哥哥，法律系的林辰。」

四個男生都是風華正茂的年紀，身材樣貌樣樣出眾，坐在一起時對視覺的衝擊太大，以至於在相當長的一段時間內，包廂裡一片寂靜。

緊接著，在三寶的一聲尖叫後，場面似乎有些失控。

三寶撲過去抱著溫少卿的褲腳不放，因為同是醫學系的便直呼「學長」，飽含熱淚地訴說著敬仰之情。

「學長你好！我一進學校就聽說你的名字了！沒想到長得這麼帥！」

「……」溫少卿低頭撫額，無奈地假裝自己是塊木頭。

何哥一臉嫌棄地使勁拉著三寶，「妳能不能不要這麼丟臉！我都不想認識妳了！」

喧鬧聲中，紀思璿安安靜靜地單手撐著下巴，盯著喬裕笑得志得意滿，像隻狐狸。

林辰認出紀思璿就是下午面試時「砸場子」的女孩之後，便擠眉弄眼地看向喬裕，喬裕直接抬手簡單粗暴地給了他一巴掌，他才老實下來。

喬裕看到紀思璿時也很驚訝，但很快鎮定下來，溫和地衝她笑了笑，視線自然地從她臉上收回，低頭拿起面前的水杯抿了一口，動作輕鬆流暢，似乎沒有把之前的事情放在心上。

然而，喬裕捏著杯子的手指動了動，她笑起來時左邊臉頰有一個淺淺的梨窩，嫵媚中帶著幾分俏皮可愛，讓他忍不住想要去摸。

紀思璿輕輕皺眉，對他的這個反應很不滿意，一般人遇上這種事要嘛臉紅心跳，要嘛厭惡煩躁，但他這麼淡定是什麼意思？當這是小女孩的惡作劇？根本沒放在心上？

隨憶似乎看出了什麼，碰了一下紀思璿，「怎麼，你們認識？」

紀思璿把視線從喬裕臉上收回來，笑得別有深意，「他今天面試我。」

隨憶更不解了，「那妳離得那麼遠，盯著人家看什麼？」

紀思璿想了想，點頭贊同，「妳說得對，是有點遠。」

說完，站起來搬起椅子，硬生生地插在喬裕和林辰之間的空隙裡，近距離地看他。

林辰一臉看好戲的模樣，很配合地讓位給紀思璿。

隨憶撫額，她們寢室的三隻沒一個正常人。

在場的人大概只有隨憶和蕭子淵在幹正事，一臉淡定地無視他們胡鬧，開始點菜。兩個人坐在一起，一個念菜名，一個寫，明明沒有多熟卻看起來親暱而有默契。

紀思璿無意間掃了一眼，挑了挑眉，繼而瞇起眼，笑得更像隻狐狸了。

那晚的一頓飯吃得熱鬧非凡，只是回去的路上，紀思璿有些神遊。

吃飯時，無論她怎麼似真似假地調戲喬裕，他都是一臉寬容的笑。四個男生坐在一起，他最安靜，氣質也最溫和，卻無法讓人忽視。

晚上熄燈後，女生寢室睡前的聊天時間，笑鬧聲不斷。

三寶躺在床上翻滾，「阿憶！妳手裡有那麼好的資源為什麼不早點告訴我們！哇哇哇！學生會四大貝勒啊！啊啊啊啊！我好激動啊，完全睡不著！」

何哥拿手電筒照了照紀思璿的床位，「妖女妖女！妳平時不是最毒舌的嗎？評論一下四位學長啊。」

紀思璿躺在床上盯著天花板上的光影，兩眼放空，懶懶地開口：「溫少卿呢，只是看起來溫潤如玉罷了，毒舌起來攻擊性不可估量，我等後輩無事千萬不要招惹。林辰嘛，看起來開朗愛鬧，不過肯定也不是個簡單的角色，還要靜候觀察。蕭子淵呢，話不多，是個十足的腹黑男，大概只有阿憶才能駕馭得了嘍。」

隨憶在黑暗中接招，很快笑著回擊，「怎麼不說喬學長？」

「喬裕？」紀思璿頓了頓，聲音漸漸低下去，「喬裕當然全部都好啊，就差我選個良辰吉日收服他！」

何哥的手電筒再次照過來，「不會吧？紀大美女，妳看上喬學長了？真的不再挑了？」

三寶的聲音在黑暗中聽起來搞笑又誇張，「糟了糟了，我好像聽到X大男生集體心碎的聲音了！」

紀思璿拿起床上的玩偶往對面床位扔過去，世界立刻安靜了。

喬裕是學校裡的風雲人物，紀思璿入學的時間雖短，卻以美貌迅速橫掃校園，這件事想瞞都瞞不住，只不過後來事情的演變有點脫離軌道。

喬裕自然是沒人敢去挑釁，可紀思璿……就沒那麼好過了。

◇

某日，寢室四人在餐廳吃飯時，就受到不明物體的攻擊。

幾個女生站在餐桌前看著紀思璿，語氣傲慢中帶著嘲諷，「聽說妳在大庭廣眾之下說喬學長是妳的人？」

紀思璿從小就是唯恐天下不亂的性子，抬頭瞟了來人一眼，語氣更加傲慢，「哪個喬學長啊？」

「當然是喬裕喬學長！」

紀思璿懶懶地點著頭，「喬裕啊，是啊，我說的，怎麼了？」

其中一個女生敲著桌子扠著腰，「知不知道什麼叫尊重啊！妳是今年的新生吧？我們都算是妳的學姊，不會叫學姊啊？」

紀思璿眼底的挑釁越加明顯，「尊老愛幼是傳統美德，那麼請問各位學姊，妳們誰想做喬裕的女朋友？妳？妳？妳？還是妳？」

被指到的幾個女生一臉心虛，硬著頭皮反駁，「妳亂講！我們才沒有這麼想！他是我們的男神，我們才沒想過要把他據為己有。」

紀思璿雙手抱在胸前，氣定神閒地微笑，「那不是正好嗎？既然妳們都不想要，那就給我嘍，有什麼問題嗎？」

「妳……」

紀思璿的話實在是太有道理了，幾個女生竟然無力反駁，仔細想想，似乎也沒什麼不對。

隨憶終於吃飽了，擦了擦嘴，慢條斯理地開口：「學姊啊，平時沒事的時候多吃點維他命吧。」

幾個女生警惕地看著她，「什麼意思？」

三寶笑得奸詐，「治口臭啊，哈哈哈哈。」

「妳們！」

何哥剛上完跆拳道課回來，身上的道服都沒換，活動著手指，沉著聲音問：「怎麼，想打架嗎？」

「神經病！」幾個女生嚇了一跳，面子掛不住，推推拉拉地走了。

隨憶看著紀思璿說：「紀大美女，收斂點吧，這都是這週的第三批人了，這個學校裡的學姊基本上都被妳得罪光了。」

三寶立刻搖著頭糾正她，「不對不對，不只三批。那天我們倆從圖書館出來，有個男生小心翼翼地來問妖女那些傳聞是不是真的，看到妖女點頭之後哭著跑走了。我忘了告訴妳們，這個也應該統計進去。」

何哥點頭附和道：「還有啊，我們跆拳道協會的會長本來對我很熱情的，自從知道妖女看上喬裕之後，對我都愛理不理的。」

隨憶在旁邊補充道，「側面打聽的也要算進去，隔壁寢室那個短頭髮的女孩，妳們記得吧？她同鄉同學的死黨的姊姊是喬學長的同班同學，她也偷偷來問我，妖女是不是真的那麼彪悍。」

紀思璿認真地拿著筆在筆記本上寫寫畫畫，「算進去算進去，都算進去！我數學學得很好，我會好好統計的，我考大學時數學考了九十九分呢！」

三寶好奇，「為什麼被扣了一分？」

紀思璿拿著筆撐在下巴上，望著窗外一臉憂傷，「大概是閱卷老師嫉妒我的美貌吧。」

三個人無語。

「閱卷老師根本不知道妳長什麼樣子好嗎！」

紀思璿轉過頭來想了想，恍然大悟，繼而陷入深思，「是喔，那我到底是為什麼被扣了一分，難道是閱卷老師嫉妒我的字寫得太好看了？」

三個人一臉黑線。

因為隨憶和林辰的關係，喬裕和紀思璿漸漸熟絡起來，從此光芒萬丈、大膽彪悍的妖女在大膽調戲喬大才子的大道上勇往直前，越走越遠。

◇

某天上午，女生寢室。

在看課表的隨憶忽然開口：「妳們還記得上一節檢驗課老師說什麼了嗎？」

三寶抓了抓腦袋努力回想，「說什麼了？說這節課可以不用上啦？」

何哥一巴掌揮過去，「想得美！不知道檢驗課老師的點名方式最變態啊！」

紀思璿摸著下巴，「好像是叫我們帶什麼東西去？」

隨憶點點頭，視線從三個人的臉上滑過，「是啊，是要帶什麼東西去，就是自身條件允許就自製，自身條件不允許就去借的那樣東西。」

下一秒，隨憶、何哥、三寶異口同聲地看向妖女，「妳去借！」

紀思璿忽然想到了什麼，眼睛一亮，唇角彎起，若有所思地開口：「我去借。」

喬裕收到訊息時正在學生會開會，紀思璿時不時的調戲簡訊他早已習慣，隨手點開。

『喬裕喬裕。』

喬裕抬頭掃了眼，沒人注意他，便開始回覆簡訊。

喬裕：叫學長。

紀思璿：喬裕學長，我下午要上檢驗課，能不能借我一點東西？

喬裕：什麼？

紀思璿：精液。

喬裕：……

喬裕頭痛了起來，他懷疑這個女孩是不是在整他。

手機再次震動。

紀思瑨：老師說要保持新鮮，你別提前準備，我下午上課前去找你拿喔，就這麼說定了！

喬裕看完簡訊就開始坐立難安，坐他對面的溫少卿看到他一臉不自然的樣子，敲了敲桌子，「你幹什麼？想去廁所啊？」

喬裕抬頭看到他時眼前一亮，「你也是醫學系的！」

溫少卿看了他一眼，「你現在才知道？」

喬裕壓低聲音，「我不是這個意思，我是說……你之前上檢驗課的……呃，標本，從哪裡來的？」

溫少卿努力消化著這個名詞，「標本？」

喬裕有些不好意思，「就是那個……」

溫少卿心領神會，摸著下巴極為自然地說出那個詞：「精液檢驗？」

「嗯」了半晌，喬裕為難地點了點頭，「你能不能找學弟幫我借一點？」

溫少卿瞇著眼睛看著他不說話，喬裕撫著額頭歎氣，最後皺著眉頭無奈地開口解釋：

「我不是變態。」

下午一點，正是陽光大好的時候，男生寢室樓下的樹蔭下站著一男一女。

紀思璿盯著一臉不自然地把東西塞給自己的喬裕，搖晃著手裡的小瓶子看了看，忽然笑著開口：「喬裕你真是個好人，你都送我這個了，我也給你個回禮——我幫你生個小孩吧！」

喬裕滿頭黑線，臉上泛起可疑的紅色，強裝鎮定，「不是我的！」

紀思璿似乎有些失望，細長的眉毛皺成一團，「那是從哪裡來的？」

「借的。」

紀思璿一臉認真地詢問：「那要還嗎？」

細碎的陽光從樹葉間的縫隙穿過，在她晶瑩白皙的側臉上留下一片金色，喬裕看她半晌，硬生生憋出兩個字：「不用！」

紀思璿看到喬裕為難的樣子，又起壞心思，笑得狡黠，「喬裕，你平時都是怎麼解決的？」

喬裕以為換了話題，終於鬆了口氣，「什麼？」

「就是……」紀思璿舉著手裡的東西暗示他，「就是這個啊。」

喬裕瞪她一眼，轉身走了。

紀思璿跟在他身後繼續開口，一副冠冕堂皇的模樣，「噯，你不要不好意思啊，所謂月滿則虧，水滿則溢，總要解決的啊。我是學醫的，你不要不好意思……」

女孩跟在男孩的身後搖頭晃腦地碎念著什麼，男孩腳下一不穩，跑得更快了。直到一向淡定穩重的男孩落荒而逃的身影消失在教學大樓前，女孩才彎著腰笑起來。

喬裕本以為事情到此結束，誰知道這才剛剛開始。隨著醫學系的課程不斷變難，他渾身上下被那個叫紀思璿的女孩「醉翁之意不在酒」地占盡了便宜。

沒過幾天，紀思璿在學校餐廳裡又明目張膽地調戲了喬裕一把。

當時喬裕正和幾個同學在餐廳吃飯，坐在對面的兩個人忽然笑得格外不正常，邊笑還邊朝他使眼色，他一回頭就看見紀思璿站在他身後。

紀思璿笑呵呵地跟喬裕打了聲招呼之後，放下餐盤，抬手搭上喬裕捏著筷子的手，並不斷順著骨骼撫摸。喬裕大概是被調戲久了，產生了抗體，看著交疊在一起的兩隻手，眉頭都沒皺，鎮定地抬頭看她，「妳這是在幹嘛？」

紀思璿摸得正起勁，「認骨頭啊，人的手腕骨頭有二十七塊，下節課老師要考試，整天摸人體骨骼模型都要吐了，還是摸真的比較有利於記憶。」

說完之後她忽然哎呀了一聲，動作極快地從包包裡拿出護手霜，開始幫喬裕塗護手霜，「喬學長，經常畫圖，和筆啊紙啊接觸多了，很傷手的，沒事就要塗點護手霜保養一下。」

說完又開始上下其手地摸起來。

她的手指細長冰涼，指尖輕輕搭在他的手上，微微用力按壓著他的手骨。喬裕的汗毛不自覺地直立起來，一身的雞皮疙瘩，他一抬頭便看到她帶笑的眉眼。

「小貓小狗恐懼和憤怒時，身上的毛髮會直立，這樣會使自己顯得體型比較大，想要從氣勢上壓倒對方。」紀思璿彎下腰靠近喬裕，眨了眨眼睛一臉純真地問，「喬裕，你想壓倒我嗎？」

喬裕忽然笑了，俊秀的眉眼越加奪目，半是好笑半是無奈地問：「紀思璿，妳到底什麼時候……能正經點？」

「我一直都很正經啊。」紀思璿直起身來，手也收回來，規規矩矩地揹在身後，認認真真地看著他的眼睛回答，「一直很正經地在調戲你。」

喬裕忽然收斂神色，眸色漸深，似笑非笑地看著紀思璿不說話，看不出喜怒。

紀思璿沒見過喬裕這個樣子，有些慌張地想開口解釋什麼，就看到他已然憋不住，低著頭笑出來，擺擺手，「好了，不鬧了，她們在等妳，快走吧。」

說完，示意她看在餐廳門口等的三個室友。紀思璿剛才被他一嚇，神色未定，竟然乖乖地點點頭轉身走了。

她的身影消失在餐廳門口，和喬裕一起吃飯的兩個人才拍拍胸口。

「嚇死我了，剛才差點以為你要翻臉。」

「是啊是啊，你板起臉來太嚇人了，剛才紀小學妹的臉都白了。」

喬裕低頭盯著餐盤，笑了笑沒說話，繼續吃飯，心底卻越加開心。

本來就是想嚇嚇她，哪捨得真的凶她。到底還是個小女孩，臉色都變了。

◇

幾天之後，喬裕在圖書館再次「偶遇」紀思璿。

喬裕從書架上拿下一本書，恰好對面也抽了一本書，他便從書本與書本的縫隙裡看到一雙帶笑的眉眼。

對面的人很快消失，下一秒那人就繞過書架，來到他面前。

圖書館裡靜悄悄的，或許是上次的事讓她有所顧忌，紀思璿也不說話，只是笑著看他。

喬裕無聲地打了個招呼就準備走開。

紀思璿一低頭看到喬裕的鞋帶，眼前一亮，邊小聲開口邊蹲下去，「你鞋帶鬆了，我幫你綁吧！」

一個女孩子蹲在自己面前，就算喬裕再鎮定，也不能堂而皇之地站著，於是跟著她蹲下來，「不用不用，我自己來。」

紀思璿的動作很快，喬裕當時也只是覺得她綁鞋帶的手法有些奇怪，並沒多想，可等她綁好直起身來時，他才察覺到不對勁。

他一臉迷茫地看了看這個死結，又看了看眼前這個巧笑倩兮的女孩，他這是……又被耍了嗎？

溫少卿一進寢室，就看到喬裕坐在椅子上彎腰跟自己的鞋帶纏鬥，林辰大搖大擺地在他面前走來走去，邊走邊歎氣。

喬裕像趕蒼蠅似的趕了趕林辰，抬頭看到溫少卿便立即求救，「快過來幫我啦！」

溫少卿一眼就認出來了，「外科結？誰幫你綁的？」

林辰一臉興奮，「還有誰啊，我今天才聽說有人前幾天在餐廳裡看到喬某人被人占了便宜。」

喬裕低著頭繼續奮戰，「別亂講，她只是在認骨頭。」

「唉，這理由真的是……讓我無力反駁啊。」林辰望著天花板露出一臉哀傷的表情，「怎麼就沒人來摸我的手認骨頭呢？」

溫少卿又看了幾眼，抬頭認真回答：「從手法上來看，打這個外科結的應該是個初學者，兩隻手用力不均勻，所以拉緊之後有些歪，從歪的方向來看，這個人習慣用右手。」

喬裕無語，「誰叫你評論這個了？」

溫少卿一臉無辜，「不是你叫我看的嗎？」

「我是讓你看到底怎麼解開！」喬裕忍無可忍，轉頭跟一直在燈下沉默看書的蕭子淵投訴，「老大，你要不要管一下？」

蕭子淵從書裡抬起頭，瞟了一眼，平靜地看著喬裕，一臉正義凜然，「當然要管。」說完，看向溫少卿和林辰，冠冕堂皇地譴責，「誰讓你們解開的？沒看出來某人根本就不想解開嗎？纏得越緊越好。」

一句話一語雙關，溫少卿和林辰抖著肩膀，笑得無法克制。

蕭子淵說完又重新看向喬裕，還溫和地笑了一下，「弄好了，你繼續。」

於是，當晚很多人看到外界傳聞性情安靜溫和的喬裕，踩著打成死結的鞋帶在走廊上暴走。

那段時間，紀思璿練外科結練得走火入魔，看到繩子狀的物體就想打結，其恐怖程度讓喬裕在相當長一段時間裡都不敢穿有鞋帶的鞋子。他怕這個女孩子不知道什麼時候就忽然跳出來，蹲在他面前打結，攔都攔不住。

其實喬裕和紀思璿在眾人眼裡都是打打鬧鬧，無非是一個追著，一個躲著。喬裕的態度是關鍵，一直以來他似乎對紀思璿很淡然，並沒有什麼特別，眾人也就樂得看熱鬧。可事情堆積到一定程度，總會出現導火線來打破這種平靜，而這件事的導火線便是一張照片。

◇

X大有棟地標性建築，歷經百年風雨的洗禮，為了保護建築，只在每個月的第三個週六才開放，由學生會派人當攝影師，允許學生拍照留念。

紀思璿從入學之後就想拍一張，但不是因為忘記而錯過開放時間，就是來得太晚，排不到。

某個週六，她破天荒地早起，準備拉著室友一起去拍照，可三寶裹著被子在床上裝死，何哥是「重量級」人物，她自然拖不動，一向最注重睡眠品質的隨憶，她又不敢去招惹，最後只能孤身前往。

那幾天春寒料峭，雖然豔陽高照，卻刮著很大的風。紀思璿在一旁等，卻不時遇到有人搶著插隊，時間久了，她隱隱有些惱怒，索性就看著他們能搶到什麼時候。

那天早上喬裕約了人打籃球，因為風太大，打了一會兒便回來了。

一群人說說笑笑地路過，看到不遠處圍著的人群在小聲討論。

「現在還有這麼多人來排隊拍照啊？」

「畢竟是代表性建築嘛，你敢說你沒拍過？」

喬裕不知道看到了什麼，停下腳步，在一旁看了半天，忽然若有所思地開口：「我好像……真的沒拍過。」

那群女生明顯對紀思璿有敵意，一個接一個搶著上前拍照，人數還越聚越多，趾高氣揚地看著她，一臉嘲諷。

紀思璿翻了個白眼不去看她們，按捺住脾氣，忍了又忍。就在她瀕臨發飆時，喬裕忽然出現在她身後，拉著她的手臂走到建築物前，笑著示意準備搶位子的幾個女孩子和負責拍照的男生，「不好意思，我趕時間，幫忙拍個合照，不介意吧？」

喬裕是出了名的好人緣，再加上明明是別人插了隊，他的話卻說得客氣，幾個人紅著臉不好意思地連忙說沒關係。

那個負責拍照的男生笑得開心，「不介意的，喬學長。」

紀思璿始料未及，等她被喬裕推到鏡頭前才反應過來，歪過頭驚喜地看著他。

喬裕輕輕拍了拍她的後背，笑著看向前方，「看鏡頭了。」

閃光燈才閃過，就有女生衝上去。

「喬學長，我也想和你合照！」

紀思璿被擠到一邊也不生氣，遠遠地看了一眼被一群女生圍著的喬裕，笑得志在必得，轉身離開了。

喬裕推辭不過，拍了幾張合照之後，很快脫身出來，才走了兩步就聽到身後幾個女生的討論聲。

「妳剛才有沒有看到紀思璿的臉，都要憋出內傷了呢！」

「活該！她不是最不要臉嗎？喬學長明明不喜歡她，她還不要臉地追著。」

「對嘛，叫什麼妖女嘛，姓紀嘛，叫『妓女』得了！」

「哈哈哈，說得好！」

話說得越來越難聽，喬裕闔了闔眼收斂笑意，眉頭也輕輕皺著，轉過身掃了那幾個女生一眼便垂下眼簾，讓人看不清他眼底緩緩流過的情緒。一開口，聲音也清冷了幾分，「不過是開了個玩笑，何必把話說得那麼難聽。以紀思璿的條件，追她的人也不會少，如果是因為我，我自認沒那麼大的魅力。就算真的要說匹配，也許，是我配不上她。如果是因為追她的男生裡有妳們心儀的對象，妳們嫉妒，那妳們也怪錯了人，妳們該怪的是自己，怪自己為什麼不能讓心儀對象注意到自己，而不是怪她。」

在一旁等喬裕的一群人本來百無聊賴地在看熱鬧，看到這裡忽然轟動了。

「喂喂喂，快看快看，喬裕這是……生氣了？真難得啊。」

「他上次生氣是什麼時候來著？」林辰瞇著眼睛想了半天，「時間太久，不記得了。」

向來沉默寡言的蕭子淵忽然開口：「細微處見真章，你看，跟喬裕表白過被拒絕後，再見到他卻神情自若、不見尷尬地笑著打招呼，別人誰做得到？這才是高手。」

溫少卿點頭贊同，「這倒也是，你看高手如你蕭子淵，不也是緋聞纏身，誰都知道蕭子淵身邊有個喻芊夏，可唯獨喬裕，清清爽爽，乾乾淨淨。」

溫少卿說完，眼角餘光掃過蕭子淵，「你瞪我幹什麼？又不是我說的。」

林辰糊塗了，「聽喬裕的意思，不像是對紀思璿沒意思啊。」

溫少卿補充，「是啊，還有上次，竟然幫她借精液檢驗標本。」

喬裕走近後只聽到這句，「那東西……總不能讓女孩子去借吧？」

「紀思璿是女孩子嗎？她的彪悍程度恐怕連男孩子也比不上。」

「紀思璿勾勾手指，不知道有多少人願意借給她，恐怕精盡而亡也在所不惜。」

「你管那麼多，人家一個願意追，一個願意被追，這叫情趣！你懂什麼？」

「所以，溫少卿，那個標本你到底是跟誰借的？」

「……」

一群人不正經地開著玩笑走遠了，走在最後的喬裕轉身看了身後一眼，好像在找誰。

那張合照後來被負責拍照的男生特意送來，喬裕打開看了一眼才反應過來，「喔，不用特地送來給我，多少錢？我給你。」

「不用不用，喬學長，就幾張照片，我送你。」那個男生抓抓頭問，「對了，你那天為什麼忽然要去拍照？」

喬裕笑了笑沒說話。

「其實那天，我看到那個女孩子在那裡等了很久，可是我說話她們都不聽，我也沒辦法。」他又抓了抓腦袋，指指喬裕手裡的另外幾張照片，「我知道你不想和她們合照，所以你和她們的合照，我只洗了一張，你想的話就給她們，不喜歡就丟掉吧。如果她們來問我，我就說曝光了，洗不出來。」

「謝謝你。」

「所以，那個真的是你女朋友？」

喬裕低頭去看照片，照片上的兩個人靠得不遠也不近，規規矩矩的安全距離。可兩人的衣角卻在風中糾纏在一起，不知道是不是風吹的原因，兩個人的臉上都泛著淡淡的紅。

◇

紀思璿大學生涯的第一年很快就到了尾聲，轉系的通知和申請書也已經掛在學校的官網上，她坐在電腦前邊看說明邊填申請書。

三寶坐在一旁抱著紀思璿的手臂不放手，「妖女啊，妳不要轉系，妳不要拋棄我們啊！」

紀思璿百忙之中伸出手，捏上三寶越來越圓的臉，笑嘻嘻地回答：「妳放心，不會拋棄妳的，妳這體重，我想抛，也抛不起來啊。」

何哥一口水噴出來，邊咳嗽邊捶著桌子笑。

三寶一臉羞憤地投進隨憶的懷抱。

好在還有隨憶這麼一個正常人，隨憶道：「我說，妖女，妳當年真的是填錯志願才進醫學系嗎？轉到建築系真的不是為了喬學長？」

紀思璿繼續填表，「是啊，填志願那天我發燒，看東西都是疊影，學校沒報錯我就謝天謝地了。」

何哥捲起一本雜誌，舉到紀思璿嘴邊，「紀大美女，我想採訪妳一下，妳收到錄取通知書後，看到錄取妳的是臨床醫學系時，是什麼心情？」

紀思璿停下來想了想，「第一個反應是，天啊天啊，千萬不要被我娘發現。第二個反應是，千萬千萬不要被我娘發現。第三個反應是，千萬千萬千萬千萬不要被我娘發現。」

「然後呢？」

紀思璿回想起來仍舊心有餘悸，「然後我就出門寫生了。那幅畫還被我爸誇獎了，妳不知道那個時候我有多心虛。」

何哥咽咽口水，一臉佩服地舉起大拇指，「妳膽子真大。」

喬裕還是從別人那裡知道紀思璿要轉來建築系，所以當紀思璿來問他建築系轉系要做的幾項作業時，他並沒有表現出吃驚的樣子，只是每年都會有盲目轉系又後悔的人，他不得不提醒幾句。

「轉系是件很嚴肅的事情，不能開玩笑，妳真的想好了？」

紀思璿點頭，「想好了啊。」

「那就好。」喬裕這才接過她手裡列印出來的作業要求，「哪裡不懂？」

紀思璿問了幾個問題，認認真真地記錄好之後才開口：「你為什麼不問我為什麼轉系？他們都說，我轉系是為了你喔。」

「因為我……」喬裕本想告訴她，在那個炎熱的午後他見過她，他看過她作畫時的樣子，這麼有靈氣的人就應該學建築，所以他相信她真的是填錯志願，可話一出口，他又不想告訴她了。

喬裕頓了一下，「沒什麼，妳喜歡就好。」

紀思璿彎起眉眼，「就算不是為了你，你也不要這麼失望嘛，畢竟『南有喬木，不可休思』嘛。」

喬裕一頭霧水，「這跟『南有喬木，不可休思』有什麼關係？」

紀思璿搖頭晃腦地解釋：「『南有喬木，不可休思』，就是喬裕不能休了紀思璿的意思啊！」

喬裕愣了一下，繼而朗聲大笑，覺得這個女孩實在是可愛到不行，忍不住揉了揉她的腦袋，「妳到底是怎麼考上X大的？」

紀思璿聳聳肩，「就是……隨便考的啊。」

喬裕看她這麼得意，忍不住嗆她，「所以志願也是隨便填的嗎？」

紀思璿惱了，再也笑不出來，沉著一張臉看他，「都說過了，是手滑！」

幾天之後，紀思璿在教學大樓前攔住剛下課的喬裕，「你等一下要去哪裡？」

喬裕不知道她又有什麼鬼點子，「去念書。」

紀思璿笑得乖巧，「考試週快到了，以後你每天和我一起去念書吧。」

喬裕似乎聞到了陰謀的味道，「為什麼？」

紀思璿忽然變了臉，眨著眼睛，一臉楚楚可憐的表情，聲音柔軟無力，「你可以不和我一起念書啊，可是萬一到時候我心情不好情緒不穩定，面試的時候胡說八道呢？比如老師問我為什麼要轉系啊，我就回答，因為喬裕說如果我能轉到建築系，他就娶我之類的，不知道面試的老師有沒有成人之美的愛好。」

喬裕相信，這種事情紀思璿絕對幹得出來，而且會演得格外逼真。

他深吸兩口氣，斷然開口：「好！」

一直以來，紀思璿那種隨便聽聽課、隨便念點書就能考好的形象太過深入人心，結果導致她現在早出晚歸地去念書，讓三隻室友感到格外不適應。

三寶看著揹著背包哼著歌走出寢室的妖女，開口問：「妖女最近怎麼去念書念得這麼勤啊？」

何哥也很疑惑，「是啊，她以前沒這麼愛念書。」

隨憶想起某次在自習教室裡的偶遇，「她哪是去念書，她分明是去見……喬裕。」

「喔……」

一語中的，剩下的兩隻恍然大悟。

正是吃飯的時間，自習教室裡沒什麼人，兩個人坐在角落裡。紀思璿完全不知道那三隻的議論，扯著自己的頭髮給喬裕看，「怎麼樣，漂亮吧？我自己燙的。」

喬裕沒說好看，也沒說不好看，只是笑了笑，「妳啊，已經夠漂亮了，有時間多用點心在學業上，聽說這次申請轉到建築系的人很多，競爭很強。」

紀思璿忽然睜大眼睛，「你剛才說什麼？」

喬裕沒意識到自己說了什麼，重複了一遍，「我說申請轉系的人很多，競爭強。」

紀思璿搖頭，「前面那句。」

喬裕想了一下，「妳要好好念書。」

「再前面那句。」

「……」

喬裕終於回憶起來，繼而撫額無語。

紀思璿湊過去小聲討好打商量，「就說這一次，以後都不問你了。」

喬裕把頭偏到一旁，「看書！」

紀思璿抱怨著從書包裡掏出厚厚的醫學課本，「你說念書就念書嘛，幹嘛要考試呢？人和人之間為什麼連最基本的信任都沒有呢？」

喬裕看了她一眼，「真的那麼難嗎？我看溫少卿念起來很輕鬆啊。」

紀思璿垂著腦袋，「溫少卿是想做醫生，當然有興趣，有興趣了什麼都不是難事。如果不是規定考試排名前幾名才可以轉系，我才不學這個呢！我又不想做醫生，白袍又不好看。」

喬裕被她的碎碎念逗笑，「妳做事的原則就是為了好看嗎？」

紀思璿咬著唇想了想，「也不全是。」

喬裕來了興致，「比方說呢？」

紀思璿看向他，眼底閃過一絲狡黠，「比方說，追你啊，又難又沒面子。」

喬裕就知道自己不該多問，收斂起笑容，「還是看書吧。」

過了半天紀思璿還是無精打采地打著呵欠，書都沒翻一頁，喬裕想了想，一臉嚴肅地叫她：「紀思璿。」

紀思璿趴在桌上歪頭看他一眼，懶懶地回答：「嗯哼？」

喬裕頓了一下，神色複雜地看了她一眼，極快地開口：「妳要好好讀書，不能仗著自己長得好看就混吃等死。」

紀思璿愣了一愣，眨了眨眼睛，然後把腦袋塞在書本裡笑得渾身抖動。

喬裕有些尷尬，輕聲咳了一下轉移話題，「轉系的申請寫好了嗎？拿來我看看。」

紀思璿低頭去背包裡找，「寫好了。」

喬裕不放心，「那麼快啊，是手寫的嗎？」

紀思璿翻出夾在書裡的一張紙遞過去，「是啊，給你。」

喬裕接過來，一打開就愣住了。

一張白紙上，寫著三行字，其中標題就占了一行——

『轉系申請，醫學系考試那麼難，我想去建築系看看。』

喬裕歎了口氣不說話，覺得自己上輩子一定是欠了她，所以這輩子來還。

紀思璿看看申請書，又看看喬裕，「這樣寫不行嗎？」

喬裕默默折起來還給她，「不行，建築系的考試也很難。」

「不能這樣寫啊……」紀思璿重新打開補了兩句上去，「這樣呢？」

喬裕雖然知道她再亂來卻還是忍不住好奇，探頭過去，然後低頭不發一言地開始看書。

『雖然建築系考試也很難，但是建築系的男生多啊。』

紀思璿看著喬裕越來越黑的臉，吐吐舌頭，又添了兩句——

『就算建築系的男生再多，我也只喜歡你啊。』

寫完之後遞到喬裕手邊給他看。

喬裕此刻的心情格外複雜，他不知道這個女孩到底是天賦異稟還是一早就設計好了，無論他們在討論什麼話題，她總是能把話題以調戲他來結束。

他被撩撥得心裡冒火，把那張紙狠狠地折了兩下，夾進書裡，「回去重寫！找個正經理由！多寫點字！至少三千字！」

「不如……」紀思璿伸手捏住喬裕的衣袖，小幅度地晃了兩下，一臉乖巧地笑，「你幫我寫？我來抄……」

喬裕又翻了一頁，抬起頭面無表情地看了她一眼，紀思璿立刻舉手投降，「知道了，不行！我自己寫！」

直到後來的後來，紀思璿都一直很懷念一點，那就是喬裕寵她歸寵她，可絕不是那種沒有底線的寵，對於她那些小毛病，他絕對不會縱容。那個時候的她才明白，他是真的愛她，真的為她好。也是在那個時候，紀思璿才知道什麼叫作真正的寵愛。

◇

新學期開始時，喬裕依舊表現得不太正常，心緒不寧地坐在寢室裡盯著手機出神。

一整個假期，紀思璿都沒有動靜，開學幾天了也不見她的影子。

以前走在學校裡，她不知道什麼時候會忽然跳出來，笑著叫他的名字，校園的小路、教室、餐廳，有那麼多的「偶遇」。可現在，他試著去搜尋她的身影，卻根本看不見了。

這個時候他才明白，或許這個世界上根本就沒有那麼多的偶遇，所謂的偶遇，總歸是其中一人偷偷努力了一下，當然，另一個人是不會知道的。她把她的一顆心都掩藏在輕佻的笑容裡。

喬裕回過神叫住準備去上課的林辰：「晚上一起吃飯，叫你妹妹一起來吧。」林辰剛準備回應就看到喬裕欲言又止的樣子，「順便把她們寢室的都叫來。」

林辰笑而不答，轉頭看了眼寢室裡的另外兩個，然後別有深意地盯著喬裕。

蕭子淵和溫少卿對視一眼，同樣別有深意地看向喬裕。

喬裕有些窘迫地看向別處，「那個……人多熱鬧。」

這頓飯終究沒有吃成，不過幾天之後，喬裕還是見到了紀思璿。

建築系轉系面試時，教授叫了他的得意門生喬裕來。老教授傅鴻邈有個老頑童的性子，開始之前還在逗喬裕，「等一下你喜歡哪個就給我使眼色，我們就收了她給你當老婆。」

說完似乎又想起什麼，補充了一句：「僅限於學妹啊，學弟還要留給那些學姊呢。」

在座的其他幾個老師都是傅鴻邈的學生後輩，想笑又不敢笑。

喬裕看著其他老師憋笑都把臉憋紅了，更加哭笑不得，低頭去看手裡的面試名單。

面試順序是打亂的，紀思璿排得比較後面。教授們面試了幾個之後，喬裕罕見地有些壓抑，有些急躁，好不容易等到紀思璿前一個人時，他又莫名有點緊張。

眼前的男生說了什麼他根本沒聽進去，當男生出去後，他聽到門口有聲音叫紀思璿的時候，視線便一直盯著門口。

那道身影很快推門進來，跟以往輕快的腳步不同，她是一跳一跳的，右腳上纏著繃帶。

她看到喬裕時笑了一下，很快收起笑容，規規矩矩地在椅子上坐好。

那抹笑容在喬裕看來有些疏離，有些淡然，還有些……太正經，好像過了一個假期，一切都有些不一樣了。

很快有老師問：「妳的腳怎麼了？」

紀思璿老老實實地回答：「熱水瓶爆開，燙傷了。」

「怎麼不用拐杖？」

紀思璿皺了皺鼻子一臉嫌棄，「用拐杖太醜了。」

幾個老師哈哈笑了幾聲就切入正題，又問了幾個專業問題。

喬裕看著她不急不緩地回答，看樣子準備得很充分，完全不像之前和他去念書時不專心又隨隨便便的模樣，回答得比其他學生好太多了。

幾個老師交換了眼神之後點點頭，問起一般的問題。

「當初為什麼報醫學系？」

紀思璿輕咳一聲，極快地開口：「手滑。」

「……」

紀思璿的視線從一張張寫著「不可置信」四個大字的臉上掃過，又補充了一句：「真的是手滑……」

「那為什麼要轉到建築系來呢？醫學系不是挺好的嗎？」

「您知道魯迅嗎？您知道魯迅先生為什麼要棄醫從文嗎？」

「為什麼？」

「因為醫學系的考試實在是太難了。」

「哈哈哈……」

「這個小女生挺有意思的。」

紀思璿出去之後，幾個老師開始討論。

老師A：「小女生怎麼看起來有點不可靠啊？填志願都能填錯。」
喬裕：「只是看起來吧，看她成績滿好的，應該還是不錯的。」
老師B：「嗯……這幾張圖倒是畫得很不錯。」
喬裕：「嗯，看得出來有些功底。」
老師C：「醫學系轉過來的，轉得有點硬，基礎都沒學，不知道轉過來跟不跟得上。」
喬裕：「她很聰明，應該沒問題的。」
老師A：「嗯，這倒也是，她的成績是這幾個人裡面最好的。」
喬裕：「對的對的。」
老師說一句，喬裕就不自覺地小聲接一句，幾句下來氣氛就有些詭異了。
一直沉默的傅鴻邈抬眼看他，「你幹什麼？」
喬裕不好意思地摸摸鼻子，「沒幹什麼，就是……就事論事。」
老教授什麼沒見過，笑著逗他，「我看你明明就是對人不對事嘛，怎麼，認識的？」
喬裕猶豫了半天，笑著點點頭，「嗯，認識。」
老教授恍然大悟，「看上了？」
喬裕沒想到教授會這麼直接，有些反應不過來，「啊？」
「紀思璿交的這幾份作業裡都有你手筆的影子，別以為我看不出來。剛才不是說了嗎？

看上了就說啊。」老教授拿起筆在紙上勾了幾筆，還不忘跟其他幾位老師打招呼，「這個就通過了啊，叫下一個。」

幾個老師紛紛表示同意，喬裕一臉黑線地繼續打醬油。

面試結束後，喬裕在健康中心找到紀思璿。她正坐在窗邊的病床上吊點滴，歪著頭看向窗外，不知道在想什麼，沒受傷的那條腿搭在床邊搖啊搖，聽到腳步聲後轉頭看來，看到喬裕也不驚訝，規規矩矩地笑著叫了一聲：「喬學長。」

這一聲「喬學長」卻讓喬裕心裡愣了一下，以前想讓她叫一聲學長不知道多難，她總是樂呵呵又沒大沒小地叫他喬裕。

喬裕站在她面前應了一聲，不去看她，而是低頭調了一下點滴的速度，輕聲開口問：「還會痛嗎？」

紀思璿盯著自己受傷的腳，「不痛了，就是不知道會不會留疤，留了疤以後就不能穿漂亮裙子了。」

她的聲音有些沮喪，喬裕卻不知道該怎麼安慰她，他彎腰想要拆開她腳上的繃帶看，「很嚴重嗎？」

紀思璿不著痕跡地躲了一下，笑嘻嘻地回答：「逗你的！不嚴重，而且我是無疤痕體質喔，肯定不會留疤的。」

喬裕看著她忽然開口：「好像很久沒見了。」

紀思璿樂了，「學長你得健忘症啦？剛才面試的時候不是才見過？」

點滴裡的藥水一滴一滴地滴落下來，喬裕似乎聽到自己的心跳，「我是說最近好像就只見了這一次。」

紀思璿一愣，繼而又笑起來，「嗯，放假時好吃懶做變胖了，太醜了不好意思去見你。」

喬裕看了她一眼，不知道是不是因為受了傷，不只沒胖，巴掌大的小臉好像還清瘦了不少。更讓他擔心的，是她的輕描淡寫。

他輕輕皺眉，低聲呢喃：「不醜，一點都不醜。」

周圍忽然安靜下來。喬裕本就是個安靜的人，平時都是紀思璿逗他說話，現在紀思璿也安靜下來，氣氛一時間有些尷尬。

這個時間點健康中心裡沒什麼人，耳邊只有空調的聲音。紀思璿似乎也沒打算打破這份沉寂，不再管喬裕，低下頭百無聊賴地拿出手機開始玩遊戲。

喬裕轉頭去看點滴，藥液一滴一滴地滴落，當他數到兩百九十八的時候，紀思璿的聲音才從遊戲的音樂聲中緩緩響起。她的手指不斷在螢幕上跳躍，聲音中帶著幾分心不在焉，「那天我裝了熱水去找你，熱水瓶爆炸的時候，我看到一個女孩站在樹下跟你表白，你也是那樣溫柔地笑著搖頭。那一刻我好像看到了另一個自己，那麼卑微，那麼……不自量力。我忽然明白，或許我對你而言，也和其他人沒什麼兩樣，你怎麼對我，也會怎麼對其他人，原來，你是真的不喜歡我。」

喬裕看著紀思璿，或許是從未見過她如此正經地說話，有些不忍打擾。直到遊戲結束的聲音響起，紀思璿才從手機螢幕中抬起頭看著他，雲淡風輕地開口：「所以，喬學長，我放棄了，以後再也不會纏著你了。」

喬裕安安靜靜地聽完，在紀思璿的注視下竟沒有半點反應，很快抬頭看了眼點滴，「滴完了，我去叫護士幫妳拔針。」說完，轉身去叫護士。

紀思璿盯著那道淡定的身影咬牙切齒。

喬裕，我連殺手鐧都使出來了，竟然還不行？你到底是不是男人？

護士拔了針，紀思璿一邊按住手背止血，一邊無精打采地用沒受傷的那隻腳去勾鞋。

喬裕看了幾秒鐘，很快彎腰撿起那隻鞋，半跪在她面前，輕輕拉著她的腳放在自己膝蓋上，低頭認真地幫她穿鞋。

他的側臉溫柔細緻，聲線輕緩悅耳，「認識妳以來，看妳一直都是嘻嘻哈哈又不正經，就當作妳是開玩笑，所以沒給妳一個明確的答覆。再說了，哪有人會像妳那樣，大庭廣眾之下那麼輕佻地跟別人表白？」

喬裕抬頭有些好笑地看了紀思璿一眼，又低下頭去綁鞋帶。

「我沒幫其他女孩子穿過鞋，除了我妹妹。」修長乾淨的手指靈活地打了一個蝴蝶結，喬裕這才抬起頭重新看向紀思璿，依舊保持著半跪的姿勢，「我這個人並沒有表面看起來那麼好，小毛病很多，沒什麼特別好的地方，不懂浪漫，不怎麼會照顧人，比較悶，也不會說甜言蜜語，和我在一起可能沒有妳想像的那麼好。」

他頓了頓，再次開口時聲音溫柔乾淨，隱隱帶著笑意，「這些話我也沒有對別的女孩子說過，包括我妹妹。」

這時的紀思璿已經愣住了。

喬裕忽然笑了起來，如畫的眉目頓時柔情四溢，「如果妳真的喜歡，我可以去學，我想應該不難吧。」

夕陽西下，她坐在床邊，他半跪在她面前，一隻手捏著她的一隻腳搭在他的膝上。男孩笑得眉清目朗，女孩微微紅著臉目瞪口呆，因為低頭，細碎的長髮垂下來，風一吹，在男孩身旁輕輕飄動。

「不要學！我不喜歡！」反應過來之後紀思璿脫口而出，「你現在這樣就很好。」

喬裕站起來坐在她旁邊，目光清澈地看著她，「既然決定在一起，我也會接受和包容妳的缺點和習慣。」

紀思璿本來很乖巧地聽著，聽到這裡忽然皺著眉惡狠狠地反駁，「我沒有缺點！」

喬裕忍不住轉過頭笑，真的是個彆扭、自戀又霸道的女孩啊。

夏季的傍晚，暑氣未消，晚霞未散，在漫天的五彩繽紛裡，男孩極有耐心地扶著一隻腳裹著白色繃帶的女孩，看她一步步地往前跳，嘴角始終噙著一抹笑，女孩低著頭看路，沒有看到他眼底的柔情和寵溺。

◇

春末的午後，日暖風輕，明媚的金色陽光斜斜地照進來，一束束打在地板上，溫暖宜人，寬大的落地窗邊紗簾隨著微風起伏。

這個時間大多數人都在午休，X大畫圖室裡，只有一男一女兩道身影在忙碌。

沒過一會兒，女孩便直起身，拿起畫圖板上的繪圖紙，一臉得意地湊到不遠處男孩的位置上，笑嘻嘻地歪著頭叫他：「喬裕，我畫好了！」然後拿著鉛筆在紙上指點江山。

男孩正站在桌前畫圖，白襯衫隨意挽起，露出白皙堅實的手臂。聽到聲音便抬起頭，單手撐在桌上一臉寵溺地看著正張牙舞爪的女孩，溫和地笑著。看著她捲翹的睫毛上鑲著金邊，輕輕顫動宛如一隻栩栩如生的蝴蝶，他突然伸出手觸摸她的臉。

紀思璿嚇了一跳，還在半空中揮舞著的手臂來不及收回，睜著烏黑澄澈的眼睛看著他。

喬裕的指尖在她眼睛下方摩娑，然後捏著一根掉落的睫毛給她看。

他剛畫完圖，指間帶著木頭和薄荷混合的氣息，指尖微涼，卻溫熱了她的臉，弄亂了她的心。

喬裕看著紀思璿閃著一雙大眼睛到處亂看，知道霸道灑脫的她是不好意思了，便輕咳一聲，慢條斯理地笑著問：「其實我一直想問妳，妳有沒有想過以後妳真的進了這一行，別人會怎麼稱呼妳？」

紀思璿得意揚揚地打算開口，卻忽然垮下臉來，愣愣地看著喬裕。

紀工……

紀工……濟公……

她苦著一張臉撲進他懷裡，「喬裕，我恨你！」

喬裕輕攬著她入懷，眉目舒展，一臉滿足。

教室裡的窗戶大開，窗外花開葉落，陽光溜過窗前，留下滿地斑駁。

第二章　春光正好，而妳不在

春光正好，春風正暖，
再見妳時，心裡有春風，滿山地吹。

門鎖轉動帶起很輕的喀嚓一聲，喬裕猛然驚醒，懷裡空蕩蕩的感覺讓他心慌，一時間竟有些不知所措。那個名字差點脫口而出，卻被他逐漸甦醒的理智硬生生壓了回去。

尹祕書走了進來，站在他身後輕聲喚他：「喬部長，時間差不多了，該走了。」

喬裕正靠在落地窗前的沙發裡，手裡還拿著看一半的文件，不知什麼時候竟然睡著了。他有些恍惚，只是瞬間他便抬手去撫眉心，一開口才發現聲音沙啞無力，「好，你先出去等我，我馬上來。」

尹和暢走出去輕聲關好門，喬裕才收起剛才的鎮定自若，面無表情地保持著剛才的動作久久不動。

一樣的時節，一樣的風輕日暖，如此熟悉的感覺竟然讓他以為她還在他的懷裡，以為他一睜開眼睛就能看到她帶笑的眉眼。

喬裕轉頭去看窗外的春光，喃喃低語：「思璿……紀思璿……」

春光正好，春風正暖，而妳卻不在。

◇

隨憶才走出醫學系的教學大樓，就看到紀思璿站在不遠處的樹下等她，旁邊還站了一個學生模樣的男生，一臉青澀。

那個男生不知道對紀思璿說了什麼，紀思璿便一臉輕佻地看著他，薄唇輕啟，說了幾個字，眼底清清楚楚地呈現出熟悉的兩個字——調戲。

接著，那個男生直接落荒而逃。

隨憶邊搖頭邊笑著走近，也難怪，今天紀思璿穿著T恤牛仔褲，那張精緻嫵媚的臉上彷彿沒有留下時光的痕跡，乍看之下真像個在校大學生。

「我說，這麼多年了，妳這調戲人的毛病怎麼還沒改？」

紀思璿還對著那個男生的背影露出不懷好意的表情，回過頭來時臉上已經掛上大大的笑容，抱了隨憶一下才一臉無辜地回答：「是他先招惹我的。」

隨憶回抱了她一下，「那人膽子也大，不知道『此女如妖，甜到憂傷』的紀思璿是縱橫X大的女頭目嗎？」

紀思璿笑得彎了腰，攬著隨憶往校外走，「他竟然叫我同學？我都畢業多少年了，竟然還有人叫我同學！」

隨憶輕笑，「然後呢？」

「然後問我能不能把電話給他啊，現在的小朋友搭訕還是這麼沒創意嗎？」

「那妳怎麼回答的？嚇得他跑那麼快。」

「我說，」紀思璿用剛才的口吻重現了一下，「電話啊，我的電話我還要用，恐怕不能給你。」

隨憶忍不住笑，「人家是說電話號碼。」

紀思璿微微歪著頭壞笑，「他也是這麼說的啊，我跟他說，那就更不行了，別人還要找我呢，給了你我怕別人找不到我了。」

隨憶終於明白那個男生為什麼會跑那麼快了，轉頭看著旁邊人明媚的笑臉，那笑意從眼角溢出來，鋪滿整張臉，「妖女，歡迎回來。」

紀思璿聽到熟悉的稱呼、熟悉的聲音，心裡一動，輕聲開口：「阿憶，好久不見。」

當年紀思璿在這所學校裡度過了人生中最美好的幾年，從醫學系轉到建築系，一畢業又去了國外讀書，畢業之後留在國外工作，輾轉了那麼多年，她終於又回來了。

兩個人邊走邊閒聊，紀思璿隨手拿過隨憶手裡的書，「妳現在也開始代課了嗎？」

隨憶畢業以後邊工作邊攻讀博士，始終沒有離開學校，「許教授的課，他忙不過來的時候我就來代幾節課。」

紀思璿看著熟悉的校園，感歎道：「這裡真的是一點都沒變啊。」

隨憶笑著看了她一眼，「這次回來會待多久啊？」

紀思璿漫不經心地東張西望，「要看公司安排啊，這次回來是要做個專案，要看專案的進度啊。快的話一年，慢的話就難說了。」

隨憶不時感覺到周圍的目光，莞爾一笑。當年紀思璿才踏進校門便驚豔全校，一張精緻的臉龐妖嬈嫵媚，身材玲瓏有致，行事作風又不尋常，讓人摸不著頭腦，因此得到了「妖女」的外號，走在校園裡回頭率極高，沒想到幾年過去了，回頭率還是居高不下。

隨憶沒再多提，轉而說起別的：「今晚來我家吃飯吧？叫上三寶和何哥。」

紀思璿聽到這兩個名字便笑彎了眉眼，像當年還是學生時那樣挽上隨憶的手臂，「對了對了，那兩個活寶怎麼樣啊？」

隨憶似乎想起了什麼，也跟著笑起來，「何哥一邊忍受著導師的折磨，一邊相親。妳離開的這些年，她至少相了幾百個吧？三寶就厲害了，搞定了醫院裡的一個帥學長，羨煞旁人。」

紀思璿不可置信道：「她吃什麼了，這麼走運？」

隨憶想了想，「大概是陳學長沒見過三寶這種人來瘋的，被煞到了。」

紀思璿一臉贊同地點頭，「有道理。」

隨憶抬手看了眼時間，「想吃什麼，我一會兒去買菜。」

紀思璿搖著頭，「不去。」

隨憶轉頭看她，「為什麼？」

紀思璿還在看校園，懶懶地回答：「去幹嘛？去看妳和蕭子淵曬恩愛啊？」

隨憶拉住她，認真地看著她，「去看我兒子啊，妳還沒見過。」

紀思璿的注意力卻被三五成群，從他們身邊匆匆跑過的學生給吸引，「噯，他們在幹什麼？」

隨憶順著他們跑走的方向看去，「大概是禮堂有什麼活動吧。」

恰好有醫學系的學生上過隨憶的課，路過她們的時候停下來打招呼：「隨老師好。」

隨憶笑了一下，「嗯，妳們好，妳們現在要去幹什麼？」

兩個女生滿眼的粉紅泡泡，「校長請了幾年前畢業的校友回來做訪談，聽說那個校友出色得不得了，而且又年輕又帥！」

紀思璿聽了並沒當成一回事，「傑出校友啊？我以為除了妳們家蕭子淵，沒人擔得起『出色校友』這四個字呢。」

那個女生認識隨憶，自然也知道師丈蕭子淵是當年X大的風雲人物，一臉興奮地繼續開口：「聽說這位校友就是和蕭學長同一屆的，也是當年四大貝勒之一！」

當年學校裡的天龍八部和四大貝勒可說是無人不知，無人不曉。

天龍八部，就是指組織部、學習部、生活部、體育部、聯外部、衛生部、獎助學金部、社團部。至於四大貝勒，就是指其中四個副主席了，機械學系的蕭子淵、醫學系的溫少卿、建築系的喬裕和法律系的林辰。

他們已經畢業好幾年了，沒想到名氣依舊在。

既然不是蕭子淵，而這個女生又是醫學系，自然也認識溫少；林辰去了國外，顯然不可能出現在這裡，那就只剩那個人了。

隨憶並不知道會這麼巧，小心翼翼地去看紀思璿的臉色。

紀思璿的臉上倒也看不出什麼，似乎只是聽到了再平常不過的事情。那個名字就看似不經意地從她口中滑出：「喔，喬裕啊。」

兩個女孩子一臉激動，「對對對！就是這個名字！隨老師和這位……漂亮姊姊要一起去嗎？」

隨憶怕再說下去，這位「漂亮姊姊」會當場發飆，開口催促：「妳們先去吧！」

等兩個女孩子走遠，隨憶才半是探究半是審視地看向紀思璿。

紀思璿倒是一臉無所謂，嘴角勾起漂亮的弧度，懶懶地掀起眼簾，「看我幹什麼？嗳，幾百年前的事情，我早忘了。當年是我太不懂事了，其實喬學長沒什麼對不起我的，是我自己太計較了。我早就想開了，男人嘛，床上用品而已。」

紀思璿的語氣很輕快，卻異常地囉唆，隨憶也不揭穿，安靜地聽完她冗長的解釋之後，開口問：「那……要去看看嗎？」

紀思璿轉身往反方向走，「有什麼好看的，又不是沒見過，喬學長妳不認識啊？走吧！」

「去哪裡？」

「去妳們家吃飯！」

「不是不去嗎？」

隨憶看著紀思璿越走越快，還來不及告訴她禮堂前年翻修了，她往反方向走去的是禮堂後門，只會比走前門更快到達禮堂。

禮堂的後門正對著主席臺側面，又因為角度的問題，主席臺上的人看不到這邊，而這裡的人卻能看到臺上人的側面。

紀思璿極快地往裡面掃了一眼，隔著厚厚的玻璃，不知道那個男人微彎著嘴角，說了一句什麼，下面的人立刻哄堂大笑，聽到隨憶走近，她才轉頭一臉嫌棄地開口：「這禮堂是誰設計的？太沒品味了。」

陽光太刺眼，照在玻璃上，帶來一片模糊。其實紀思璿根本沒看清那個男人的臉，卻被刺得眼睛疼。

隨憶默了一默，不好意思告訴她設計這禮堂的，都是當年教過她的建築系教授們。建築業的圈子就那麼大，她竟然說出這麼欺師滅祖的話，也不怕那幫老教授們聯名抵制她！

◇

蕭子淵接到自家夫人電話的時候，正在茶水間門口聽八卦。他不過是路過而已，才聽幾個字就停下了腳步。

似乎是有新人到職，其餘幾個人正在說明前因後果。

「剛才那位就是傳說中的喬部長嗎？喬家二公子？看起來好帥啊！笑起來好溫柔！」

「就是他。聽說啊，喬家的接班人一直是喬家的大公子喬燁，不知道為什麼忽然變成這位二公子。喬部長之前不混這個圈子的，幾年前忽然冒了出來，當真是平步青雲啊。不過說起來也奇怪，豪門嘛，不是一向會內鬥嗎？可喬家大公子似乎一直在幫這個親弟弟鋪路，一手把他推上高位。」

「這位喬部長看起來……挺低調的。」那個人表達得委婉客氣。

有人嘿嘿笑了兩聲，「是不是看起來人畜無害又很好說話？」

「有點。」

「你可別小看他。南部的虎狼之窩他都待過，其實這也沒什麼稀罕的，但厲害的是他去之前什麼樣，回來以後還是什麼樣，一樣溫潤儒雅，看不出半分狠勁和戾氣，還順手把那幫老傢伙收拾得服服貼貼，你說誰有這種好本事？那可是一場持久戰啊，一招招試探與挑釁都被他一張看似溫和無害的王牌笑臉打散了。從他回來之後，就再也沒人敢小覷這位半路出家的喬家二公子了。」

「那剛才和他說話的那個男人呢？看起來也很帥！兩個人站在那裡，真是氣質出眾啊！」

「那個是蕭部長，說起蕭部長呢，長得也帥，只看顏值的話，兩人伯仲之間，不過蕭部長稍微冷了那麼一點，不如喬部長看起來讓人如沐春風。更何況蕭部長已經結婚了，更沒人敢染指了。」

蕭子淵就是這樣邊聽八卦邊講完了電話。掛了電話之後，轉身下樓，出電梯後走到走廊盡頭那間辦公室，推開門，開門見山地問裡面的人：「今晚要來我家吃飯嗎？」

蕭子淵和喬裕自小就認識，大學又是室友，關係本就匪淺，如今又在同一棟大樓裡辦公，真的可說是緣分深厚。

喬裕正在窗邊講電話，聽到聲音嚇了一跳，轉過身莫名地看向蕭子淵。

蕭子淵等他講完電話才再次問道：「今晚要來我家吃飯嗎？」

喬裕疑惑地問：「今天是什麼特別的日子嗎？」

蕭子淵挑眉，話到嘴邊又咽了回去，「沒什麼，你今天不是回母校做訪談嗎？隨憶看到你了，說很久沒見，就讓我叫你一起回家吃個飯。」

喬裕笑了笑，「改天吧，我晚上要去看看我哥。」

蕭子淵也沒多說，點點頭轉身走了。

蕭子淵回到家才進門就聽到廚房裡的笑聲，他抱了抱在客廳裡自己玩玩具的兒子，換了衣服便鑽進廚房，解下隨憶身上的圍裙，把她推出廚房，「妳現在是非常時期，不能聞油煙，我來。」

妖女、三寶、何哥皆是一臉探究地看向隨憶，隨憶臉上一熱，輕咳一聲。

三個人繼而異口同聲地大喊：「喔，又有了。」

紀思璿拍了拍隨憶的肩膀，「蕭夫人，有前途！」

三寶有樣學樣地準備去拍蕭子淵的肩膀，手伸到一半又弱弱地收回來，「蕭學長，好樣的！」

何哥咬著手帕在角落裡抓著錢包，仰天大喊：「我的錢包啊！我怎麼覺得你又要瘦一圈了呢？這些年我包出去的紅包錢到底什麼時候才能收回來？」

四個人被蕭子淵趕出廚房，便去客廳聊天。

蕭子淵和隨憶的兒子蕭雲醒今年兩歲，名字是蕭家老爺取的，坐看雲起，舉世獨醒，性子隨蕭子淵，小小年紀便有一股高貴的氣質，雖然長得粉雕玉琢，卻讓人不敢隨意上前逗弄。

這兩年三寶、何哥看著他長大，不知道在他身上吃了多少虧，不敢上前，便慫恿不了解敵情的紀思璿迎戰。

紀思璿才靠近，小雲醒就從一堆玩具裡抬起頭，閃著一雙大眼睛開口：「我認得妳，妳是那個方形盒子裡的漂亮阿姨。」

紀思璿一愣，這才想起來隨憶帶著他和自己視訊過幾次，微微笑了起來，看起來明媚親和，「乖，要叫我漂亮姊姊！」

小雲醒想了一下，乖乖地叫了聲：「漂亮姊姊。」

紀思璿轉頭衝三寶和何哥笑得得意，似乎在說，這小子也沒妳們說的那麼可怕嘛。

誰知道她才轉過頭，就聽到小雲醒牽著隨憶的手一本正經地做介紹，「漂亮姊姊是我媽媽，妳是漂亮阿姨。」

「……」紀思璿撫額無語中。

這腹黑程度，活脫脫就是蕭子淵的翻版。

身後的三寶、何哥早已笑瘋，隨憶把頭扭到一邊，很給紀思璿面子地沒笑出聲。

後來吃飯時三寶喝多了，和妖女勾肩搭背地坐在一起，「妖女啊，妳不知道當年入學的時候，我第一眼見到妳時都震驚了，驚為天人啊，怎麼會有女孩子長得這麼好看，特別是笑起來的時候，要用哪個形容詞……對！妖氣橫生！我當年一直懷疑妳是狐狸精化為人形，來人間報恩的！」

紀思璿還算清醒，笑著斜睨她一眼，嫵媚慵懶，「是不是白狐啊？不是白狐我可不認。」

「啊，妳不要這樣看我，我的小心臟受不了啊！」三寶捂著心口倒地。

四個人嘻嘻哈哈半天，蕭子淵悄悄拿著手機去陽臺打電話。

電話很快就被接起來了，蕭子淵看著正在拿筷子挑肉吃的某人，又對電話那端的人確認了一遍，「你……確定不來了？」

電話那頭的喬裕輕笑了一聲，『真的趕不過去了，下次再去。』

蕭子淵很乾脆俐落地掛了電話，「好。」

三寶還在飯桌前拉著何哥絮絮叨叨：「妖女啊……」

何哥也喝多了，一臉煩躁地推開她，「我不是妖女！」

三寶卻沒有聽進去，繼續湊上來，「妖女啊……」

紀思璿早已離桌，端著一杯茶靠在廚房門口，靜靜地看著裡面兩個人洗碗，蕭子淵洗乾淨之後遞給隨憶，隨憶接過來擦乾放到碗櫥裡，全程沒說一個字，連肢體接觸都沒有，卻無端地讓人覺得親暱而有默契。

她的長相本就豔麗，又喝了酒，眉眼間帶了抹若有似無的慵懶春色，唇角微微彎起，勾起一抹漫不經心的笑意。隨憶無意間一回頭，只覺得妖女整個人在朦朧的燈光下明豔得不可方物，身為女人都不自覺地心跳加速。

當年念書時，雖然紀思璿無論走到哪裡都是明豔動人，可到底還帶著幾分青澀，如今的妖女，無論容貌或氣質都不只是驚豔可以形容的了，還隱隱帶了些逼人的氣勢。

隨憶總覺得此次妖女大人霸氣回歸會掀起一點什麼，她很快回神笑著問：「妳在看什麼啊？」

正說著話，蕭雲醒不知從哪個角落滾了出來，跑過去抱住隨憶的腿，抬著胖胖短短的小手一臉迷糊地揉著眼睛，「媽媽，我睏了。」

紀思璿端著杯子抿了口水，輕聲笑起來，「沒什麼，就是突然覺得……好羨慕啊。」

蕭子淵剛好洗好碗，擦了擦手，抱起摟著隨憶的腿就快睡著的小傢伙，「媽媽要和漂亮姊姊說話，走，爸爸帶你去睡覺。」

紀思璿剛才半是玩笑半是輕歎的一句話，真假難辨，竟讓隨憶覺得她的笑容裡藏著落寞，連那道身影都顯得格外孤獨。

隨憶不自覺地過去攬住紀思璿的肩，卻很貼心地沒有說一個字。

鬧到後來，蕭子淵開車送走了三個醉女人，回來一進門，隨憶就問：「你怎麼不跟喬學長明說？」

蕭子淵慢條斯理地換了鞋，坐到沙發上才緩緩開口：「當年我追妳的時候，他嘲笑我。」

隨憶先是無語，繼而有些疑惑地問：「你什麼時候追過我？」

蕭子淵睨了她一眼，隨憶輕咳一聲，不敢再提往事。

蕭子淵繼續慢悠悠地開口：「我今天聽到部門裡的同事私底下討論我們，說我沒有喬裕溫潤儒雅、清風朗月，我就是想試一試喬部長到底有多清心寡欲。」

隨憶這下徹底無語了，男人小氣起來果然比女人還可怕。

過了一會兒，蕭子淵看到隨憶有些擔憂的樣子才再次開口：「剛才妖女說是為了一個專案回來的，那個專案我覺得很耳熟，沒猜錯的話應該會是喬裕負責，他們啊，不愁見不到。」

隨憶有些不放心，「我有點擔心，今天妖女去學校找我時恰好遇到喬學長在學校禮堂演講，她聽到『喬裕』這兩個字的時候，神色沒有一絲變化，還笑著跟我開玩笑。你也知道，妖女這個人最灑脫大氣了，我怕她……是真的放下了。」

「深刻如斯，才顯平靜，越是放不下才越是藏得深。」蕭子淵扯過妻子，攬在懷裡笑得胸有成竹，「當年她和喬裕分開之後，這麼多年都不肯回來，有意無意地從來也不肯見他一面，一個對自己這麼狠的人，一旦愛上又怎麼會輕易忘記，不過是演技好罷了。要不然，我們打個賭？」

隨憶搖搖頭，摸著自己的小腹拒絕，「還是算了，對胎教不好。」

蕭子淵攬著她大笑。

紀思璿回到飯店後，泡了澡躺在床上發呆，她認床，躺了許久都睡不著。

半晌過後，她忽然坐起來，打開電腦找到X大的網站，翻來覆去地在網站新聞裡找喬裕訪談的新聞和影片。

找到後也不去看，直接點下載按鈕，竟然還得先登入，紀思璿的學號不知道過期多少年了，她猶豫了半天，傳了訊息給隨憶要她的帳號。

終於搞定之後關了電腦，重新躺回去，可腦海裡都是剛才無意間看到的那幾秒影片。鏡頭裡的男人微微笑著說著什麼，衣著妥貼，清俊儒雅，久久不散。

隨憶把自己的帳號密碼傳給紀思璿之後握著手機一臉疑惑，「她要我的帳號密碼幹嘛？」

◇

蕭子淵下午問他要不要一起吃飯時，喬裕正在和溫少卿講電話，之後便提前下了班，到醫院也沒讓人跟著，自己上了樓。

一襲白袍的溫少卿從電梯裡走出來時，看到喬裕站在放射科門前，手裡拿著CT片，愣愣地站在那裡。

溫少卿和身後的幾個學生模樣的年輕醫生交代了幾句，走過去拍拍喬裕的肩膀，「別這樣……你哥還在等著你。」

喬裕抬手抵了抵眉心，「他自己知道嗎？」

溫少卿點頭，「知道。還特意交代我，叫他們告訴你的時候委婉一點，怕你接受不了。」

喬裕苦笑，眼底有些濕，有些惱，「他自己都能接受得了，我又有什麼接受不了的……」

喬裕的哥哥喬燁在幾年前查出癌症，因為是早期，手術很成功。本以為沒事了，誰知過了幾年又復發，這次連手術都不能做了，只能保守治療，能拖到今天已屬奇跡，只不過最近又惡化了，所有人都知道這意味著什麼。

溫少卿心裡也有些難受，但每天在醫院裡見多了生死離別，臉上也看不出什麼，「去看看他吧。」

喬裕站在病房門口，透過玻璃窗看了半天才推門進去，輕聲叫了一聲：「哥……」

喬燁正在窗邊看報紙，一臉病容，聽到聲響，回頭看到喬裕滿臉愁容，就知道他見過溫少卿了，想了想說了一句：「別跟爸說啊。」

喬裕點了一下頭，坐在窗邊看著窗外不再開口。

喬燁看了他半晌，「我有幾本書忘在家裡了，你有時間幫我拿過來。」

喬裕的聲音沒有一絲波瀾，「好。」

喬燁笑了，「你不要這個樣子，等一下回去爸會看出來的。」

喬裕過了半天才扯出一抹勉強的笑容，怎麼看怎麼彆扭。

喬燁拍拍喬裕的肩膀，就像小時候一樣，「我沒多少日子了，你從小就知道什麼是溫良恭謹，我對你很放心。我走了以後，你要好好吃飯，注意身體，少抽菸喝酒，爸和妹妹就靠你照顧了，有時間多去看看爺爺奶奶。我只是覺得對不起你，當年硬拉著你來蹚這場渾水，不然……」

喬裕忽然覺得眼睛有些酸澀難忍，低下頭拿了顆蘋果削皮，「哥，你在說什麼啊？有什麼對得起對不起的，喬家的擔子本來就不該讓你一個人來扛，以前是我太自私了。」

喬燁是喬家的長子，理所當然地，一出生便被作為接班人教導養大，下面的一弟一妹自然是無憂無慮。他們的母親早逝，喬樂曦一直開玩笑，說大哥和爸是一國的，她和二哥是一國的，可其實喬燁、喬裕兩兄弟的關係一直很好。

喬燁小心翼翼地問：「你和那個女孩，還有聯繫嗎？」

蘋果皮應聲而斷，喬裕沉默半晌，搖了搖頭。

喬燁歎了口氣，也不再開口。

喬裕從醫院出來後回家幫喬燁拿書，準備下次去醫院時幫他帶過去。回到家，喬爸爸不在，尹和暢回應說：喬柏遠去外地開會，今天會回來，叫喬裕在家裡等他。

喬裕現在住在宿舍裡，有大半年沒回來了。上次回來時，喬燁的病還沒那麼嚴重，不用整天待在醫院。妹妹喬樂曦雖然嫁了出去，卻也經常帶著江聖卓回來陪喬父，此刻他們都不在，喬裕站在樓梯上看著冷冷清清的家，心裡空蕩蕩的。

他畢業之後一直忙著工作，回來得少，每次回來也都是匆匆忙忙的，鮮少有這麼平靜閒暇的時候。

房間裡還是讀書時的擺設，簡潔清爽，書架上擺滿了厚厚的專業書，他的手指一本本滑過。最後，他坐在書桌前，隨意地打開抽屜翻看。

在最下面的抽屜裡放著一張紙，一張撕碎了又重新拼起來的紙。那是一份Offer，來自那所享譽盛名的國外名校，那裡有最好的建築系。當年他收到Offer沒多久，喬柏遠便用最簡單直接的方式擊碎了他的夢想。Offer是他自己撕碎、扔在垃圾桶裡的，是喬樂曦哭著撿回來，一片一片地黏好，然後氣急敗壞地趕他去報到，還哭得上氣不接下氣。她知道他的夢想，可是她不知道喬燁的病，他知道這個妹妹是心疼他，可是他也清楚地知道，普立茲克建築獎——所有建築師追求的終極夢想，他此生是無緣了。

窗外的風吹起桌上的一疊繪圖紙，擱置的時間久了，紙張微微泛黃，隨風掀起的一角，隱約可見到「紀思璿」三個字。那都是當年紀思璿留在他這裡的，還有一些是她逼迫他替她畫的。她經常蠻橫地坐地起價，他討價還價良久，最後敗北。他從不知道自己可以這麼……沒有原則。

妹妹喬樂曦小時候不願意寫作業便會找他代寫，他雖寵這個妹妹卻是從不答應，以兄長的身分看著她哭哭啼啼地寫完，還要碎念她半天。

可是當那個叫紀思璿的女孩趴在桌上，單手撐著下巴，慵懶地看著他時，明明是一副居高臨下的女王模樣，卻讓他聽出了撒嬌的味道，「喬裕，幫我畫幾張圖吧。」

連句學長都不願意叫，半點求人的姿態都沒有，卻讓他心甘情願地臣服。

「清風不識字，何故亂翻書……」

清風翻亂的是他的心，他此生無緣的又何止是普立茲克建築獎。那個叫紀思璿的女人才是他心中永遠的痛，痛徹心扉、肝腸寸斷，確實無法解脫，他也不想解脫。

喬柏遠到晚飯的時候才回來，風塵僕僕，身後還跟著一臉雀躍的喬樂曦。

喬樂曦衝到喬裕懷裡，攬著他的手臂笑嘻嘻地叫：「二哥！」

江聖卓一臉緊張地一直盯著喬樂曦，喬裕只覺得好笑，拍拍她的手，視線掃過她隆起的腹部，「都快做媽媽了，還這麼小孩子氣。」

喬樂曦倒是不在意，「我看到你開心嘛，你好久沒回來了！」

喬裕扶著她在沙發上坐下，「開心也要小心，快生了吧？」

喬樂曦的手輕輕搭在肚子上，「嗯，還有幾個月，醫生說是雙胞胎，名字由你來取好不好？」

江聖卓聽了，臉色一變，「不是說好我來取嗎？」

喬樂曦一臉鄙視地看著他，「你沒讀什麼書，能取出什麼好聽的名字啊？哪能和我二哥比。」

「我……」江聖卓才開口就反應過來。喬裕在喬樂曦的心中舉足輕重，他可不想要自討沒趣，低下頭小聲嘟囔，「誰取都無所謂，反正是跟我姓。」

江聖卓、喬樂曦兩個人青梅竹馬，從小到大就沒停止過鬥嘴，只不過江聖卓似乎越來越知道謙讓喬樂曦了。喬裕笑了笑，沒說行也沒說不行。

喬樂曦吐槽完江聖卓之後，還想再說什麼卻被喬柏遠打斷了，「聖卓，你陪樂曦去吃點東西，喬裕，你跟我去書房。」

喬柏遠轉身後，喬樂曦對他的背影做了個鬼臉，無聲地叫了聲「老古董」，惹得江聖卓歪著頭笑。

喬裕板著臉警告地瞪了她一眼，繼而忍不住自己也笑了起來，心裡卻忍不住歎氣，喬書記又要訓話了。

進了書房，喬裕簡單彙報了最近的工作。喬柏遠偶爾點頭，沒有多說什麼，等他說完才開口問：「去看過你哥了？」

以往喬裕做完例行的彙報之後，往往會被教育一番，遇到喬柏遠心情不好時更是會被罵得狗血淋頭。可是近幾年喬柏遠很少說話，基本上都是在聽喬裕說，偶爾指點一二。

話題轉得太快，喬裕一頓，馬上回神，「看過了。」

喬柏遠的眉宇間俱是疲憊，「我最近忙，沒辦法去看你哥，他最近好嗎？」

喬裕想起今天下午溫少卿說的話，驀地皺起眉頭，繼而舒展開來，平淡無波地回答：「看起來還好。」說完抬眸看向喬柏遠。喬柏遠背對著他，站在窗前看著窗外的夜色。

人生三苦之一便是中年喪子，喬柏遠在政壇沉浮多年，早就學會了喜怒不形於色，所有的情緒都牢牢鎖在心裡，聽到喬燁癌症復發的消息時，他也只是恍了一下神，便平靜地接受了，比任何一個人都平靜。可父子連心，喬裕能感覺到這個男人心底的痛，越是痛楚才越顯平靜。

書房裡安靜下來，半晌後喬柏遠才再次開口：「這幾天去看看你外公。」

喬裕答應下來後不再說話。

喬柏遠看著他，「其實，當初讓你接你哥的班也是最後的辦法，你哥的處事作風像我，你的處事作風像……像你媽，也像你外公。這些年你做得很好，你外公說得對，或許你不適合走這條路，但這並不意味著你走不好這條路。」

喬家的接班人本來是喬燁，喬裕也對這個不感興趣，樂得清閒。可誰知道喬燁出了這種事，喬裕只好半路出家，硬著頭皮頂上去。

喬柏遠放下茶杯，拿出棋盤，「好了，回來了就先休息休息，來，陪我下盤棋吧。」

喬裕聽到這句話，腿一軟，差點對喬柏遠跪下，果然沒幾分鐘便被罵得狗血淋頭，趕出了書房。他站在書房門口摸了摸鼻子，一臉沒反應過來的茫然。

江聖卓和喬樂曦站在樓下一起仰著頭問：「二哥，怎麼了？」

喬裕做了個手勢，樓下的兩個人又一起笑了起來。

喬柏遠沒別的愛好，平時就愛下圍棋，可喬樂曦從小就坐不住，喬裕跟別人對弈還行，和喬柏遠就差得遠了。只有喬燁還能陪著喬柏遠來幾盤，可如今喬燁病了，喬柏遠就更寂寞了。

第二天一早，喬裕把喬燁要的書送到醫院後，去了辦公室。

辦公室的擺設沒動，以冷色為主，是喬燁的風格，桌上還放著喬燁住院前批示的文件，喬裕看了一會兒，微微笑起來。

喬燁的字是喬柏遠親自教的，字跡豪放端正，力透紙背，氣盛神凝。

而喬裕的字則是跟著外公樂准學的，相比之下少了幾分強勢，多了幾分瀟脫俊逸。

字如其人，他一路走來，聽到最多的就是他們兩兄弟行事作風的不同。

喬燁在喬裕心中是長兄，長兄如父。母親早逝，父親忙於公務，他從小是喬燁帶大的，雖然喬燁比他大不了幾歲。喬燁話少，性格剛毅，卻很寵弟弟妹妹，一母同胞，手足情深，喬裕從未想過那道挺拔巍峨的身影會有倒下的一天。

沒一會兒，尹和暢敲門進來，提醒喬裕會議時間到了。

喬裕最近開始接手喬燁手裡的工作，第一個專案便舉足輕重，說是新的專案，卻也不新了。

離X市不遠處有座山清水秀的小鎮，是今年X市經濟發展的重點。那個地方沒什麼太出眾的地方，一群人來來回回考察好幾次，最後決定發展旅遊業，建個度假村。

這個專案的前期工作已經進行了半年，是喬燁和喬裕合作一半的案子。喬燁負責聯繫建築設計事務所，喬裕則負責找投資方，就在準備正式啟動時，喬燁的身體再也撐不下去了。

負責這個項目的建築設計事務所，是喬燁親自把的關。本打算在國內找，誰知這塊肥肉誰都想咬一口，不斷來公關。喬燁煩了便從國外找，聽說找的是世界十大建築設計事務所之一，作品屢得好評，有創意有新意，品質也過關，喬燁很滿意。

喬裕剛在會議室門前站定，事務所這個案子的負責人就到了，身後跟著他整個團隊的人。

那個人五官俊朗，眉宇間俱是沉穩，主動伸手，「喬部長您好，我是徐秉君。」

喬裕沒想到對方的團隊裡都是亞裔面孔，很快伸手和他握了一下，「你好，進去坐下談吧。」

進了會議室，徐秉君主動開口解釋：「總部很重視這個專案，所以特意在團隊裡調了華人同事，組了新的團隊過來。只是不好意思，另外兩位組長一個休假還沒結束，一個還在國外做另一個專案的收尾工作，可能要晚幾天才到。」

喬裕這邊以尹和暢為首的一眾人臉色已經不好看了，喬裕卻笑了，「沒什麼，我們先談也沒關係。」

這是他們的第一次見面，卻只來了一位負責人，怎麼看都缺乏誠意，或許是因為建築師是喬裕可望而不可及的夢想，他本能地多了幾分寬容。

徐秉君的思路很清晰，連地點都勘測好了，展示了不少小鎮周圍的情況，ＰＰＴ一頁頁看過，喬裕卻忽然在某一頁的某張照片上看到了一張側臉，他猛然開口：「停一下！」

徐秉君看向喬裕，「部長，怎麼了？」

喬裕沉默了一會兒，抑制住讓他返回上一頁的衝動，「繼續吧。」

會議結束之後，喬裕抬腳走了幾步又停住，轉身，「剛才那些照片是你拍的嗎？」

徐秉君不知道喬裕為什麼這麼問，還是實事求是地回答：「是我和一個同事去的。」

喬裕沒再往下問，笑著說：「一會兒把那個ＰＰＴ拷貝給我，可以嗎？」

徐秉君回以一笑，「當然。」

「謝謝。」

喬裕離開的時候，徐秉君正在講電話，「您老人家出手，自然不凡。對了，你到底什麼時候到啊？」

那邊不知道說了什麼，徐秉君笑著開口：「好，那到時候見。」

喬裕回到辦公室後，坐在辦公桌後出神。

不是沒有看錯過。

那年平安夜，市政府在最大的廣場放煙火，整個廣場的人都戴著面具，遮住半張臉，邀請了喬裕和蕭子淵這兩個政壇新星來點第一枚煙火。

在漫天的煙火和震耳欲聾的尖叫聲中，喬裕站在高臺上一低頭，在不經意間似乎看到了紀思璿，雖然被薄薄的面具遮住了大半張臉，可那甜美的笑容、那雙勾魂攝魄的眼睛、小巧的鼻尖，分明就是她。

可一轉眼，那道身影便在人群中消失了，喬裕站在主席臺上找了半天，再也沒有看見那張臉。

他的心跳都亂了，轉身要去找卻被蕭子淵拉住，「下面那麼多人在看，你要幹嘛？」

喬裕忍了又忍，著急地問站在蕭子淵身邊的隨憶：「她回來了是嗎？」

隨憶剛開始沒聽清楚，喬裕重複了一遍之後，她搖了搖頭。

隨憶自然知道喬裕口中的「她」是指誰。

喬裕似乎並不相信，沉默了半天，皺著眉似乎壓抑著苦楚，「我不會去打擾她，我就是想知道剛才看到的到底是不是她。」

隨憶和蕭子淵對視一眼，堅持剛才的答覆，「喬學長，我真的不知道她有沒有回來。以你和子淵的關係，她如果不想見你，那就絕對不會和我聯絡。」

她出國之後的那麼多年裡，他只見過她那麼一次，還不確定到底是不是她，可剛才那張照片裡的背影分明就是她。

喬裕坐在電腦前，滑鼠點在那個檔案上，卻遲遲沒有打開。

喬裕覺得最近有些不對勁，這種感覺很久沒出現了。或許是上次回家看到了太多以前的東西，想起了太多往事，導致他有些敏感，敏感得讓他感到煩躁。

喬裕的煩躁一直持續到午飯時間，垂著眼簾盯著飯菜，臉色有些難看。

尹和暢看了半天，試探地問：「部長，怎麼了？」

喬裕很快回過神，面無表情地用筷子點了點盤中的某道菜，避重就輕地轉移話題，「這道菜太難吃了，以後別再做了。」

尹和暢雖覺得莫名，卻也很快應了下來：「嗯，我一會兒就跟餐廳負責人說。」

那道無辜的菜，從此絕跡於這個餐廳。

下午快下班時，蕭子淵又出現在喬裕的辦公室，輕敲辦公室的門，站在門口也不進來，

「隨憶下午有手術，我這邊的會議還沒結束，你有空的話，能不能幫忙接一下我兒子？」

喬裕手裡的工作基本上告一段落了，拿起車鑰匙答應：「好，我這就去，接到他之後我帶他去吃飯，你忙完了再打電話給我。」

蕭雲醒和喬裕還算熟悉，看到爸爸媽媽沒來也沒發脾氣，乖乖跟著喬裕走了。

粉雕玉琢的小男孩，吃飽喝足之後卻一直盯著喬裕看。

喬裕拿紙巾幫他擦嘴角，笑著問：「二叔臉上有什麼嗎？」

蕭雲醒皺起眉來和蕭子淵如出一轍，使勁搖了搖頭。

喬裕也沒放在心上，笑了笑，哄蕭雲醒說說別的。

一直到蕭子淵夫婦來接兒子，蕭雲醒牽著爸爸媽媽的手走了幾步之後，才忽然一臉興奮地回頭，衝著喬裕開口：「我想起來了，那個漂亮姊姊！二叔，我看過你和……嗚嗚的合……照……」

蕭子淵眼明手快地捂住兒子的嘴，最關鍵的幾個字被蕭雲醒吞了回去。

喬裕奇怪地看著他，「雲醒說什麼？漂亮姊姊？」

蕭子淵把兒子扛上肩頭，笑得雲淡風輕，「沒什麼。」

可喬裕還是很快就知道蕭雲醒口中的漂亮姊姊是誰了。

◇

那天，建築設計事務所的人過來繼續討論方案，喬裕在來會議室的路上聽到底下的人在小聲議論：「真的是個美女，超級超級漂亮。」

尹和暢平時雖然穩重，但到底還年輕，一臉好奇地問：「誰超級超級漂亮啊？」

「就是那個建築事務所的人啊，這次比上次多了幾個人，其中有一個超級超級漂亮的正妹。」

喬裕隨口接了一句：「到底是有多漂亮啊？你們討論得這麼熱烈。」

喬裕推門進會議室時，紀思璿正站在窗邊講電話，聽到身後的動靜自然而然地轉身看過來。

兩個人極有默契地當場愣住。

喬裕的第一反應是回答了自己剛才那個問題，嗯，確實超級超級漂亮。

徐秉君本想做一下介紹，可看兩人的反應也愣了一下，試探著問了一句：「認識的？」

紀思璿很快回過神，掛了電話，笑了起來，「喬學長，好久不見。」

她站在窗口，風吹起她額前的瀏海，那張臉沒有任何預兆地出現在面前，喬裕忽然有些喘不過氣來。她沒變，雖然從來沒忘記過這張臉長什麼樣子，可真真正正出現在他眼前時，還是結結實實地再次感到驚豔。當年的明媚妖嬈，如今多了幾分精緻嫵媚，一樣動人。

再見妳時，心裡有春風，滿山地吹。

喬裕很快伸出手去，輕聲回應：「好久不見。」

紀思璿不著痕跡地吸了口氣，空氣中一開始清爽的青草香昇華為檀木香，最後退為雪松香，遞到自己面前的那隻手，指節修長乾淨，白色的襯衫袖口恰到好處地蓋過手腕，搭配著精緻的黑色袖釦，更顯優雅大氣。

紀思璿微微一笑，伸手用指尖輕握了一下那隻手，又極快地收回，垂著眼不去看他，透露出幾分禮貌疏離。幾年不見，這個男人真是越來越勾人了。

紀思璿在喬裕開口前轉頭對徐秉君說：「我們是大學校友，當年我從醫學系轉到建築系，喬學長教了我不少東西。」

說到這裡，紀思璿忽然頓了一下，看向喬裕，語氣有些奇怪地繼續開口：「只是那時不懂事，不知道喬學長出身名門，言辭舉止多有得罪，希望喬學長不要放在心上。」

紀思璿的幾句話說得乾淨漂亮，既拉了關係又捧了喬裕，可喬裕心底卻有些難受，微微笑著點了一下頭。當年讓她叫一聲學長不知道有多難，現在卻一口一聲學長叫得爽快，這是在和他劃清界限嗎？

她沒有假裝不認識他，也沒有刻意掩飾什麼，彷彿他真的只是她的一個學長，而已。

徐秉君和紀思璿共事幾年，對她的脾氣秉性也算了解。紀思璿對客戶向來不卑不亢，還頗有幾分恃才傲物的風骨，可剛才那幾句話乍聽是在拉關係，再仔細琢磨，她的行為確實反常詭異，再看喬裕的神情，臉上雖看不出什麼，可總覺得有哪裡不對。他也沒有說破，笑著開口：「既然是熟人那就更好了，我想我們的合作會很愉快。」

或許是喬裕和紀思璿的存在感太強，兩個人的沉默讓會議室內出現了莫名的低氣壓，徐秉君為了緩和氣氛，便幫紀思璿一個個介紹對方的團隊人員。

可剛開始介紹，紀思璿就鬱悶了。

劉浩然就是剛才那群人裡誇紀思璿漂亮誇得最起勁的，馬上跳出來笑得滿面桃花開，「紀工，妳好妳好，我是劉浩然，就是詩人孟浩然的那個浩然。」

紀思璿伸到一半的手忽然僵住，慢慢收回來，似笑非笑地看著他不說話。

紀思璿這邊的團隊裡已經有人忍不住噗哧笑出聲來，徐秉君捂著臉反省，又忘記先提醒了。

連一向穩重的喬裕都古怪地握起拳，放在唇邊輕咳掩飾，雙肩還微微抖動。

偏偏劉浩然還一臉不自知，「怎麼了？」

紀思璿深吸了口氣，努力安慰自己，總不能第一次見面就發飆，實在是有損自己的形象，以後合作起來會很麻煩。她努力綻放出一抹微笑，笑得別有深意，「劉浩然是吧，我記住你了。」

劉浩然還沒來得及竊喜，就看到紀思璿收起笑容向眾人打了個招呼：「我去一下洗手間。」

「紀工」才出門，就聽到會議室裡的爆笑聲。

兩個團隊都是年紀相仿的年輕人，本就有共同語言，因為「濟公」，關係更融洽了。

「你竟然……哈哈哈哈……」

「怎麼了，我不就是叫了一聲……」劉浩然繼而恍然大悟，「喔，濟公！」

喊完後自己也笑得不可自抑。

喬裕這邊的人都沒反應過來，經他一解釋，全都爆笑出聲。

徐秉君主動檢討，「是我的問題，沒提前跟你們說。已經好多年沒人叫她……了，所以我忘了。」

一群人笑得東倒西歪，「那你們平時叫她什麼啊？」

站在徐秉君旁邊的一個年輕男人笑著開口：「建築界有本很出名的雜誌，有一期就是採訪她的。其中有一段是這麼寫的，鋼筋水泥這個男人的國度裡有位女王，年紀輕輕便可以昂著下巴傲視整個建築圈，大膽果敢又不乏細膩，敏感度很高，直擊靈魂最深處，堪稱鬼斧神工。每日頂著一張禍國殃民的臉，披著一件黑色羊絨大衣，踩著十公分的高跟鞋，飄逸又沉靜地走過，沒人再笑稱她為『濟公』，皆是恭敬地稱她一聲『璿皇』。紀思璿，女王如『思』，僅此一人。」

「你為什麼不早說！」

「誰知道你們這麼白目！」

他們還在笑鬧，可喬裕臉上的笑容卻黯淡了幾分。

璿皇。

當年那個纏著他，無所不用其極逼他代為畫圖的小丫頭終於可以獨當一面了，說明她離她的夢想越來越近，說明她終於強大到不再需要他的庇護。原來他這麼多年的擔憂都是多餘的，她很好，真的很好。

等紀思璿再回來時，神色恢復了正常，會議進入正題。

紀思璿操作著電腦，螢幕上的PPT一張張閃過，她一張張講解，視線從每個人身上滑過，偶爾停留在喬裕臉上，也是神色如常，沒有一絲不自然的情緒夾雜在裡面。

喬裕的視線一直放在螢幕上，聽得認真，偶爾歪頭和身邊的人說一兩句，和徐秉君互動一下，卻是看都不看她一眼。

收尾時，紀思璿忽然笑著看向喬裕，調侃道：「喬學長雖說是科班出身，可畢竟位居高位，那麼多年沒接觸了，還聽得懂吧？」

看似客氣的一句話卻飽含惡意，會議室裡忽然安靜下來，眾人的視線在喬裕和紀思璿身上來回掃蕩，開始八卦地腦補這對曾經的學長妹有什麼過節。

徐秉君衝紀思璿使眼色，他真的不知道這位溫潤儒雅的部長哪裡讓璿皇不開心了，讓她一來就挑戰對方的大Boss。萬一喬裕翻臉，事情鬧大了投訴到總部去，那他們倆就準備打包行李滾回去了。

在這條路上走久了，喬裕什麼陣仗沒見過，更何況對方是個女人。他的涵養和氣度讓他微微笑了一下，進門這麼久第一次光明正大地看向紀思璿，那雙眸子深邃如墨，隱隱含著笑意和寬和。

這個眼神她太熟悉了，就像當年她調戲他時他看自己的模樣，像是在看惡作劇的小女生，溫和包容，更比當年多了幾分氣定神閒。

熟悉得讓紀思璿的心跌到谷底。

◇

毫無準備的一場重逢，兩個人臉上都雲淡風輕，可結束之後一個坐在會議室裡出神，一個坐在回去的車裡閉目養神。

徐秉君看了紀思璿一眼，「怎麼了？真的因為那個稱呼生氣了啊？」

紀思璿的眼睛都沒睜開，懶洋洋地開口：「生氣是肯定的，我紀思璿一向是睚眥必報啊。」

剛才紀思璿在會議上就頻頻出神，徐秉君又看了她一眼，「妳今天有點不對勁啊。」

紀思璿忽然睜開眼睛，打開窗戶，看向窗外，她的聲音在風中模糊無力，「沒什麼，打了一場沒有準備的仗，身心疲憊。」

徐秉君寬慰她，「其實我覺得喬裕這個人還不錯，和妳又是校友，妳不用帶著這麼大的敵意。」

紀思璿瞟他一眼，涼涼地開口調侃：「不是才見過兩次面嗎？徐大組長就被收買了？糖衣炮彈真是不得了。當年不知道是誰教育底下的人說，客戶就是客戶，永遠不能當成朋友。」

徐秉君笑了起來，「妳知道我不是那種人，我是真的覺得喬裕這個人很不錯，沒有政府官員趾高氣揚的架子，對專業也很懂，合作起來很輕鬆。」

紀思璿難得沉默了，看著車外不再說話。

是啊，喬裕人不錯，可以說是很不錯，這件事她怎麼會不知道。

◇

此刻的會議室裡只剩下一站一坐的兩個人。喬裕的手指輕輕敲在手邊的資料上，指尖和白紙輕輕觸碰，發出輕微的摩擦聲。

喬裕沉默半晌，終於開口：「關於這件事……你不想跟我解釋一下嗎？」

他的語氣輕緩放鬆，聽不出任何不快，卻讓尹和暢冒出了冷汗，「這件事確實是我的疏忽，沒有及時更新對方人員變動的資訊，喬部長，對不起。」

尹和暢跟在喬裕身邊幾年，鮮少有這樣的失誤。喬裕忽然間覺得，或許這就是宿命，他張了張嘴，卻不知道能說什麼，半晌後才再次開口：「以後不要再發生這樣的事了。」

因為我不知道再一次在這麼毫無防備的情況下，我還有沒有定力和她雲淡風輕地瞎扯那麼久。

喬裕走出會議室就直奔蕭子淵的辦公室，門都沒敲就直接闖了進去。

「你早就知道她回來了？」

蕭子淵猜到了大概，從一堆文件中氣定神閒地抬起頭，「是啊，那天隨憶約她來家裡吃飯。」

喬裕緊緊皺著眉，一臉不可置信，「你為什麼不告訴我？」

蕭子淵頗為無辜，「我叫你一起來了，還叫了兩次，你不記得了？」

「我……」喬裕忍了半天，憋出幾個字，「蕭子淵，算你狠！」

蕭子淵摸摸下巴，悠悠開口：「認識這麼多年，第一次聽你放狠話啊。」

喬裕又想了一下，「所以，雲醒說的漂亮姊姊也是她？」

蕭子淵毫無愧疚地點頭，「對啊，隨憶那裡有幾張合照，雲醒看過。」

「蕭子淵！」瞬間喬裕的怒吼聲掀翻了屋頂。

當天，辦公室便有了新八卦——蕭部長和喬部長不知道為了什麼，在辦公室吵得一塌糊塗，最後喬部長掀了桌子，摔門而去。

蕭子淵在心裡補充：你們都看到了吧？清風朗月的喬部長，他的真面目其實是這樣！掀桌子、摔門什麼的真是太粗魯了！如沐春風？是春天刮起了龍捲風吧？

第三章　那都是因為你，喬裕

「你本來就是我的守護神啊！」

紀思璿在喬裕那裡露了一面之後回去飯店，拎著行李箱回家。她家本就在X市，之所以回來後住飯店不先回家，是有原因的。

她開門前靠在門上聽了許久，確認裡面沒有動靜才拿出鑰匙來開門，探頭探腦地小步邁進去，看到陽臺上眯著眼睛曬太陽的生物便壓低聲音叫起來：「大喵！大喵！」

陽臺上肥肥的加菲貓懶洋洋地睜開眼睛瞟了她一眼，又高貴冷豔地閉上了，身上的毛被曬得蓬鬆，一張大臉顯得更圓。

紀思璿也不在意地繼續輕聲問：「沈太后不在啊？」

話音剛落，一枝筆就飛了過來，耳邊響起冷冰冰的聲音：「妳在外面瘋了幾年不知道回來，還指望牠認妳嗎？」

陽臺上的貓這時「喵喵」叫了兩聲，似乎在贊同那道聲音。

紀思璿躲開後，立刻扔了箱子往外跑。

她在外面張牙舞爪了那麼多年，如果說還有什麼忌憚且制得住她的人的話，那就非沈太后，沈繁星莫屬了。

紀思璿之於紀墨和沈繁星夫婦，可謂是老來得女，但紀思璿出生後沒幾年，過慣了閒雲野鶴日子的夫婦倆便覺得孩子是個累贅。自從紀思璿上國中，生活能夠自理且有了自我保護意識之後，同為畫家的紀墨和沈繁星便經常心安理得地手牽手出去玩，十天半個月不在家，美其名曰尋找靈感。經常留張字條就不見了蹤影，所以紀思璿可說是被放養長大的。

紀思璿漸漸長大，繼承了父母容貌上的所有優點，且青出於藍。某一天，當沈太后後知後覺地意識到紀思璿有些放浪形骸時，為時已晚。年少的紀思璿頂著一張禍國殃民的臉，已經把社區及附近社區裡所有看得順眼的、看不順眼的都收拾了一遍，連阿貓阿狗見到都要繞著她走。

這期間，沈太后還被叫去學校一次。

據說某日，紀思璿在某堂示範教學課上閃著一雙純淨的大眼睛，天真無邪地做出評論：「楊老師教得很好，每次他上課的時候，我前後左右桌同學的課本頁數都不一樣，可是他們都聽得懂老師在講什麼。」

連老師都不放過，此等彪悍行徑是她沈繁星年輕時也望塵莫及的。

紀思璿當年出國留學是自己起意、自己拍板、自己執行的，直到自己到了太平洋彼岸安頓好一切，才打電話通知自己的父母。沈太后的憤怒可想而知，怒火從電話這頭一路燒到彼岸，如果不是要開畫展實在走不開，恐怕紀思璿也是在劫難逃。

走的時候沒說，回來的時候自然也不用說。紀思璿是這麼認為的，不過她也了解沈太后瞬間暴躁的破壞力，這股火壓了幾年，一次爆發出來的傷害值太高。所以她抱著兩個人出去尋找靈感不在家的僥倖心態，打算先回來試試看，誰知道正好撞在槍口上。

「回來！」

身後的聲音不冷不熱，紀思璿卻乖乖停住，慢慢轉過身，笑得諂媚，「哈哈哈，媽，妳在啊？」

站在客廳中央的女人，即使人過中年也是風韻猶存，一絲不亂的髮髻、剪裁合身妥貼的旗袍、高度適中的高跟鞋，腰身筆挺，即使在家也是一臉精緻的妝容，身上的旗袍一絲皺褶都沒有，完美地詮釋了什麼是講究與優雅。此刻，她正似笑非笑地看著紀思璿。

紀思璿自知活罪難逃，伸著脖子往書房裡看去，「那個……我爸呢？」

沈太后冷哼一聲：「別指望妳爸能救妳，他留了張字條就不見了，說是出去找靈感，走了快一個月了。」

紀思璿一不留神把心裡話說了出來：「那妳怎麼沒一起去呢？」

沈太后捏著手裡的美工刀，忽而笑得溫婉，「我走了怎麼逮住妳啊？」

紀思璿一聽苗頭不對，趕緊轉移話題，「老紀也真是的！怎麼能這樣？說走就走，等他回來後我幫妳念念他！」邊說還很機靈地撿起地上的鉛筆，小碎步跑過去，一臉虔誠地雙手拿過沈太后手裡的美工刀，又小碎步跑回來，蹲回原地認認真真地開始削鉛筆。

此刻，她心裡萬分感謝沈太后，因為她剛才扔出來的是鉛筆，而不是美工刀。

沈太后並沒有因為她刻意討好的行徑而緩和臉色，反而更加暴怒，「先說妳自己吧！妳爸好歹還知道留張紙條！妳呢？說出國就出國！到了才打電話回來！」

在陽臺上曬太陽的大喵被猛然拔高的聲音嚇了一跳，抬眼看過來，又喵了兩聲。

紀思璿一身冷汗，不知該怎麼接話。

「怎麼不說話？我現在這樣說妳還不服氣啊？」

紀思璿哪裡敢，抬起頭一臉真誠，「服氣服氣！完全服氣！媽，妳說的都對，都是我的錯。」

「我說一句妳就回一百句，怎樣，現在很厲害了？」

紀思璿哭笑不得，我到底要說還是不說啊？

沈太后忽然冷笑，卻歪頭去看紀思璿身後，「你還知道回來啊？」

紀思璿趕緊回頭尋找同盟，看到拎著行李的男人，聲淚俱下地叫了聲：「爸！」

紀墨看了看自己的夫人，又看了看自己的女兒，很快往遠離紀思璿的方向挪了兩步，表明自己的立場。

沈太后大發慈悲，「進來吧，念在你還知道留紙條的分上，今天先放你一馬，等我解決了你女兒的問題，再來談你的問題。」

「好的！」紀老爺立刻眉開眼笑地拎著行李往裡面走，路過紀思璿時被她一把拉住。

紀思璿演得逼真，「爸！人家都說女兒是爸爸的貼心小棉襖，就算現在天氣熱了，你也不能棄小棉襖於不顧啊！」

紀老爺也極其配合，為難半天後歎了口氣，「女兒啊，別人家的女兒是爸爸的貼心小棉襖，在我們家，妳就是我的防彈衣啊！要不是妳回來，今天站在這裡被炮轟的就是我啊！」

說完無情地推開紀思璿的手，頭也不回地進了家門，洗澡換衣服去了。

紀思璿咬牙切齒，「真沒義氣！」

沈太后也心疼女兒，很快就鬆口，「好了，進來吧。」

紀思璿剛鬆口氣拎著箱子進門，沈太后的下一句話就讓她直接跪在地上。

「妳先去洗澡換衣服，我去幫你們做幾道菜。」

紀墨和紀思璿極有默契地扔下手裡的東西跑過去阻止沈太后，一人一邊拉著沈太后的手臂。

「我們出去吃吧，我請客，幫女兒接風！」

「不用不用！我不餓！」

沈太后橫了兩人一眼，「你們倆什麼意思？」

紀墨很快收回手，極其艱難地擠出幾個字，「沒什麼意思，做飯傷手。」

紀思璿一臉痛不欲生的樣子，「油煙……傷皮膚。」

沈太后踢開攔路的兩個人，雄赳赳氣昂昂地去了廚房，「走開！」

紀思璿眼看就要失守，找了個牽強的理由往門外跑，「媽，我忽然想起來我還有事，我先出去一下，你們先吃不用管我了。」

紀墨也想跑路，「我開車送妳吧。」

沈太后連頭都沒回，慢條斯理的聲音從廚房傳了出來，「你們隨意，不過如果我做完飯出來沒看見你們兩個坐在飯桌前，你們倆就死定了！」

幾秒鐘後，父女倆乖乖走回來，無精打采地坐在飯桌前大眼瞪小眼。

沈太后的速度很快，半個小時後，飯桌上就擺了四菜一湯，一家三口坐在桌前吃晚餐。

父女倆你看看我，我看看你，就是不動筷子。

沈太后啪地一聲摔了筷子，「怎樣？要我餵你們啊？」

紀墨先發制人，主動夾菜給紀思璿，「女兒，多吃點，妳看妳都瘦了。」

不過一眨眼的工夫，紀思璿面前的菜就堆成了小山。

紀思璿頓了一下，轉頭夾菜給沈太后，「媽，您辛苦了，多吃點。」

沈太后慢悠悠地嘗了一口，菜剛入口便渾身一僵，臉色一變，好不容易吞了下去，繼而端起離她最近的那盤菜，全部倒進紀墨的碗裡，「你出去尋找靈感這麼久，在外面肯定吃不好，多吃點。」

紀墨一臉幽怨，想說什麼，但看著沈太后張了張嘴，最終沒有說出來，低下頭開始狼吞虎嚥地扒菜，塞進嘴裡嚼了兩口就開始猛喝水。

紀思璿看得驚心動魄，小心翼翼地看著沈太后，極其委婉地建議：「媽，妳以後做飯能不能少放點鹽？」

沈太后坐得端正，理直氣壯地瞟她一眼，「妳懂什麼啊，這叫吃鹹點看淡點！嫌鹹啊，那就等一下再吃。」

紀思璿癟癟嘴，「放涼了也還是鹹啊。」

「時間會沖淡一切。」沈太后別有深意地看了紀思璿一眼，「別以為我不知道妳幾年前跑到國外去，打死都不回來是為了什麼。」

紀思璿心虛，再也不嫌菜鹹，低頭乖乖吃飯。

一頓飯吃得驚心動魄，吃了飯洗了碗，父女倆攜手出門散步。

說是散步，但下樓後父女倆就坐在社區的長椅上看星星，一步都不肯走。

紀思璿唉聲歎氣，「老紀啊，我覺得只要你拿出一丁點當年追沈太后的魄力來，我們父女倆就不會這樣被吃得死死的。」

紀墨大概是被壓迫久了，一臉平靜地指出紀思璿的錯誤，「當年是妳媽追我的。」

紀思璿一臉恨鐵不成鋼的模樣，「那你為什麼就這樣妥協了呢？你不能屈服於她的淫威之下，你要反抗啊！」

紀墨繼續一臉平靜地點頭贊同，「是反抗了啊，槍枝彈藥一應俱全。」

紀思璿眼前一亮，「然後呢？反抗失敗了？」

紀墨的視線從星星轉移到紀思璿的臉上，一臉悔不當初的模樣，「然後啊……然後正中靶心，妳就出生了。」

紀思璿撫額，我說的是這種槍枝彈藥嗎？

紀老爺歎了口氣，抬頭看著頭頂的月亮緩緩開口：「妳出生的第二年啊，妳媽體檢時發現胃裡長了個腫瘤，那時我覺得天都要塌下來了。妳知道我除了會畫幾幅畫，其他的什麼都不會。當時我還只是個不出名的小畫家，妳媽年輕漂亮，應該可以找個更好的，但是她卻一心跟著我，後來結了婚，這個家裡裡外外都是妳媽在操持。好在後來做了手術，也檢查出是良性的，看報告那天我就對自己說，她以後想做什麼就做什麼，我都讓著她。這是我上輩子欠她的，這輩子就該被她欺負。」

紀思璿懶洋洋地靠在椅背上，作垂死掙扎，「可是我不想被壓榨啊！」

「妳沒聽過一句話叫父債女償嗎？」

「……」

後來蚊子太多，父女倆抵擋不住蚊子的圍攻又攜手回去。才進門就聽到沈太后陰陽怪氣的聲調：「喲，父女倆密謀完回來了？」

沈太后坐在沙發上看書，連看都沒看他們一眼。紀墨立刻站直彙報：「沒有！都是她！她這個亂臣賊子於今晚八時三刻在社區花園第三張長椅上稱帝，還慫恿我武裝逼宮！被我義正詞嚴地拒絕，並被我一巴掌滅了國！」

紀思璿極度蔑視地看了自家阿爹一眼，「你要做到這種程度嗎？」說完，走到沙發上坐下，死命抱著沈太后的腰，拉長聲音撒嬌，「媽……」

沈太后一臉嫌棄，卻沒有推開她，反而伸手一下一下地摸著紀思璿的頭髮，「嗯……乖。」

紀思璿心裡一動，半天沒說話。

半晌，沈太后收回手翻了一頁之後，手沒有放回原處，而是伸到紀思璿的下巴處撓了幾下。

紀思璿嚇了一跳，坐起來一臉震驚，「媽，妳幹嘛！」

沈太后被她也嚇了一跳，但很快恢復鎮定，輕描淡寫地回答：「喔，摸大喵摸習慣了。」

紀思璿心底好不容易湧起的那點感動，就這麼煙消雲散了……

有一種家庭地位叫——遠歸的女兒不如貓。

◇

紀思璿回國後，大學室友的第二次聚會在學校後門的小吃街上舉行。

天剛黑，這家本地菜館裡就坐滿了人，菜一上齊，紀思璿在一片喧鬧中開口：「我跟妳們說件事。」

紀思璿的話音剛落，還在笑鬧著的三個人立刻放下筷子正襟危坐，一臉嚴肅地看向她。

隨憶、三寶、何哥三個人對這句話有陰影。

上一次紀思璿說這句話是在幾年前，大學畢業前夕，也是在飯桌上。

當時是在學校餐廳，她夾了幾粒米飯放進嘴裡嚼了幾下，雲淡風輕地開口：「我跟妳們說件事，我跟喬裕分手了，以後見到他，別再亂叫喬妹夫了。」說完之後，又推翻自己，「喔，我忘記他已經畢業了，以後也見不到了。」

話音剛落，兩雙筷子一起掉在桌上。隨憶是因為已經知道這件事，所以並沒有很吃驚，默默低頭繼續吃飯。

過了好一會兒，何哥和三寶才從震驚中反應過來。

三寶小心翼翼地問：「是因為上次我拗喬妹夫請我們去吃海鮮樓太過分了嗎？妳跟喬妹夫說，其實我是開玩笑的，不用去吃海鮮樓，在學校門口隨便吃一吃就好了。」

紀思璿的神情一滯，是啊，當初他們公布戀情時，喬裕答應請室友去海鮮樓吃飯，後來因為各種原因沒有去，現在恐怕再也去不成了。

何哥握了握拳頭，「需要我去打他一頓嗎？」

紀思璿笑了，指了指餐廳裡的電視螢幕，「你們知道他是誰嗎？」

三個人一起回頭看了一眼，正在播的「午間新聞」恰好播出一個中年男人的特寫鏡頭。

「喬柏遠啊，怎麼了？」

紀思璿神態自若地開口：「他是喬裕的父親。」

三個人你看看我，我看看你，心裡都很震驚。

何哥看了隨憶一眼，小聲開口：「之前學校裡有八卦達官貴人小孩的貼文啊，連蕭學長的身世背景都挖了出來，但沒說過喬學長也是啊……」

紀思璿冷哼一聲，烏黑漂亮的眼睛裡滿是自嘲，「是啊，喬家的二公子，隱瞞得可真好。你們說，他這種出身的人，怎麼會和我去學什麼建築，我又有什麼理由去阻擋他的前途？之前我一直覺得他言行舉止出眾，只當成他家教好，現在才知道，原來是家世顯赫。喬家啊，幾代人積累下來的底蘊和德行，怎麼能不出眾？何哥，聽說他父輩都是軍界大老，所以他也是從小就受過訓練的，妳說，妳打不打得過他？」

當年雲淡風輕的一句話，交代了她和喬裕的分手，幾年之後，三個人實在想不出這次她會扔出什麼炸彈來。

紀思璿看到她們緊張的樣子，覺得好笑，「別害怕，其實也沒什麼大事。就是我見到喬裕了，這次的專案，其中一個合作方就是他。」

隨憶低下頭，在心裡碎念了一下蕭子淵。沒想到真的被他說中了，這個項目果然是喬裕接手的。何哥和三寶互相看了一眼，沒說話。

紀思璿捏著手裡的杯子抿了一口酒，垂著眼簾遮住眼底的情緒，淡淡開口：「我想通了，當年是我太看得起自己了，喬裕的條件那麼好，曾經和他在一起過，怎麼說都是我賺到。這次回來遇到，純屬偶然，既然是工作，就該敬業一點，專案結束之後，我就回去了，時間很快，也沒什麼。」說完頓了一下，終於抬起眼睛看了三個人一眼，笑著開口，「嗯，就是這樣。」

幾秒後，三寶的神情和當年如出一轍的小心翼翼，「那……還可以去海鮮樓嗎？」

桌下，隨憶、何哥同時踢了三寶一腳。

何哥一巴掌拍在三寶的腦袋上，「就只知道吃！陳學長是餵不飽妳嗎？」

紀思璿笑著岔開話題，「對了，三寶，妳那個人生何處不相逢呢？我還沒見過耶。」

三寶喝了酒，紅著一張臉搖著手裡的手機，「他說等我們結束後來接我。」

紀思璿和何哥立刻抱頭痛哭。

何哥聲淚俱下，「上次去阿憶家被瘋狂放閃，吐血不止。」

紀思璿捂著臉接下去，「好不容易休養生息，又被三寶打了個措手不及。」

兩人異口同聲：「這樣是叫我們怎麼活下去？」

三寶伸手戳了戳紀思璿，難得正經地開口：「妖女啊，我一直在等妳回來看看陳簇。」

紀思璿一臉嫌棄地推開她，「看什麼？看妳曬恩愛啊？」

「不是，阿憶、何哥都見過了，我想讓妳也見一見。」三寶被推開又黏了上去，用一種近乎膜拜的眼神盯著紀思璿的手，「那時候妳跟我說，問我幾個問題就能猜出我喜歡的人的姓氏，結果就真的從一堆姓氏裡抓出一個『陳』字來，而且他的年齡妳都算得出來。」

說完又小心翼翼地拉著紀思璿的手反覆看，「妳這是仙人掌嗎，怎麼那麼靈驗啊？」

紀思璿完全無語了，瞄了一眼忍著笑的隨憶、何哥，「妳們兩個從來沒告訴過她那件事的真相嗎？」

兩個人同時搖頭。

紀思璿皺著眉神色複雜，猶豫了好一會兒，才艱難地開口：「其實……當年那件事……就是一道算術題，是妳自己把答案告訴我的。當時我跟妳說的是，姓氏的百家姓排名乘以二，加五，再乘以五十，加上一個數字，再減去妳喜歡的人的出生年分，然後妳告訴我一個數字。如果設這個姓氏的百家姓排名為 x，設最後加上的那個數字為Ａ，這算式就是：『（2x+5 ）×50+A-（出生年分）=100x+250+A-（出生年分）』，關鍵就在於Ａ這個數字，一定要保證 250+A= 當年的年分，這樣就變成 100x+ 當年年分 - 出生年分，這個數字的最後兩位數就是妳喜歡的人的年齡，其他的就是他的百家姓排位。當年妳告訴我，計算出結果之後，我就知道他的排位是十，百家姓排位第十的就是陳。」

三寶愣了半天，拿著筆在紙上計算了半天才恍然大悟，「妳竟然騙我！」

紀思璿嫌棄地說，「誰知道一道小學計算題就可以騙妳那麼多年……」

何哥笑得直拍桌子，三寶氣呼呼地拉著紀思璿和何哥耍賴。

隨憶安安靜靜地坐在一旁看著三個人鬧，但也免不了被捲進去。

紀思璿轉頭問她：「不叫蕭子淵過來接妳，曬一下恩愛給我們這兩隻單身狗最後一擊嗎？」

「不了。」隨憶笑得溫婉，輕聲開口，「這個時間雲醒該睡了，他要在家哄兒子睡覺。」

紀思璿、三寶、何哥愣了幾秒鐘，再次抱成一團，「嗚嗚嗚，就知道她沒這麼好心！」

陳簇來接三寶時，看到很驚人的場面——三個抱成一團的女人一臉幽怨地看著旁邊笑得溫婉的女人。

紀思璿率先發現有人走近，輕咳一聲，立刻坐直，抬手理了理長髮。

何哥假裝沒看到陳簇，揮舞著筷子招呼大家：「快吃快吃，等一下菜都冷掉了。」

三寶笑嘻嘻地站起來，拉著陳簇介紹給紀思璿。

「阿憶、何哥你都認識，這位是我大學室友紀思璿，我們都叫她妖女。妖女，這位是我男朋友陳簇。」

紀思璿瞇著眼睛上上下下地打量了好幾遍，眼神有些放肆，陳簇笑著輕輕點了一下頭，站在三寶旁邊大大方方地任由她打量。

三寶站在一旁一臉期待地等結論。

紀思璿看著三寶懶懶地點頭，「嗯，不錯，配妳綽綽有餘。」

三寶立刻眉開眼笑，但陳簇聽到這番話似乎有些不悅，臉上的笑容斂了幾分，牽著三寶的手收緊了點。何哥粗枝大葉慣了，沒注意到，但紀思璿和隨憶都看到了，對視了一眼，極有默契地勾唇一笑。

三寶和何哥住在醫院的宿舍，兩個人和陳簇一起走了。三個人離開之後，隨憶才坐到紀思璿旁邊，「我試過了，陳學長對三寶是認真的。」

紀思璿左頰的梨窩漸深，歪頭看著隨憶，「聽到我虧三寶會不高興，表示在他心裡並沒有覺得三寶高攀，但是又沒說出來，給了三寶和我面子，這說明他比三寶成熟，有護著三寶的能力。三寶這個傻妹啊，當真是傻人有傻福。」

隨憶有些好笑地說：「妳也不怕陳簇會不高興啊？」

紀思璿向來灑脫隨性，「我本來也不是什麼好人，妳們不是都叫我妖女嗎？叫妖女的能是好人嗎？」

紀思璿轉頭又要了一瓶酒，被隨憶阻止，「少喝點，妳是靠這雙手吃飯的，妳好歹也在醫學系待了一年，不知道酒喝多手會抖嗎？」

紀思璿歪頭瞇著眼睛衝著隨憶笑，媚眼如絲，縱使隨憶是個女人也忍不住投了降。

酒上來後，紀思璿先幫隨憶倒酒。隨憶的酒杯根本沒動過，但紀思璿每隔一段時間就會幫她倒一點，倒的次數多了，酒便溢了出來，但她絲毫不在意。

隨憶拿著紙巾，邊擦掉桌子上的酒邊說：「不是好人也好，反正喬裕是好人，互補嘛。我是後來才聽子淵說，他們小時候，就是喬裕性情最溫和，脾氣最好了。他在家裡又排行老二，所以其他比他小的孩子都叫他二哥，那個時候，大人們都開玩笑地叫他國民二哥，現在已經晉級為國民二叔了。雲醒不喜歡親近人，但每次看到喬裕都笑呵呵地叫一聲二叔。」

紀思璿聽到那個名字恍若未聞，邊喝邊笑，「阿憶，妳從什麼時候開始話這麼多了？」

隨憶點到為止，笑著岔開話題：「孕婦的脾氣會比較怪，平時話少的，懷了孕話就會變多啊。」

紀思璿卻忽然收起笑容，然後沉默，把杯子裡的酒喝光，又拿了隨憶的杯子來喝，喝完之後趴在桌子上，慢慢地帶著笑意看向隨憶，半晌才捂著臉，壓低嗓音開玩笑，「阿憶啊，幾年前就我不知死活，主動去招惹了他一次，差點讓我的多年修為毀於一旦。現在好不容易養好了傷，怎麼還敢再去冒犯他，我不要命了嗎？有句話說得好，良人與美事，一朝拋擲，是絕不敢回頭再看一眼的。」

隨憶黯然沉默。

紀思璿喝多了，發起酒瘋跟著隨憶回家，一路上攬著隨憶不放手，「阿憶啊，今晚叫蕭子淵睡書房，妳陪我睡啊。」

隨憶一臉無奈地扶著東倒西歪的紀思璿，邊在包包裡找鑰匙邊開口：「好好好，妳先站好，不要跌倒，我找鑰匙開門。」

隨憶的鑰匙還沒翻到，門就自己開了。

紀思璿懶洋洋地抬頭看去，瞬間清醒，從隨憶身上站直，一臉清醒地繞過幫她們開門的男人，朝客廳裡坐在沙發上的蕭子淵字正腔圓地開口：「喂，蕭學長，妳老婆我安全送回來了，我先走了。」

話音還沒落，就看到有個毛茸茸的腦袋從沙發椅背後面冒了出來，眨眨眼睛，然後指著紀思璿與高采烈地對喬裕說：「二叔，就是這個漂亮姊姊！我看過你們的合照，在書房的相簿裡！」

紀思璿彷彿看到蕭雲醒的腦袋上瞬間長出兩支小惡魔的角，渾身一僵，轉頭就走。

電梯還停在當前的樓層，紀思璿按下往下的按鈕，電梯開了門，她便一腳踏進去，電梯到了一樓，她從電梯裡衝出來，頭也不回地往前走。

但身後的腳步聲越來越近，很快地手臂上就感受到阻力，一道帶著笑意的聲音在她身後響起，「紀思璿，妳幹嘛跑？」

熟悉的聲音，聲線低沉清澈，即便喘著粗氣也聽不到一絲慌亂。

紀思璿平復呼吸，慢慢轉過身，一臉坦蕩地看著喬裕，「喬部長，我沒跑啊。」

喬裕看著她幾秒鐘，「喝酒了？我送妳回去。」

紀思璿有點頭暈，卻站得無比端正，語氣無比客套，「不用，我叫計程車就行了，就不勞煩喬部長了。」

喬裕也不惱，笑得人畜無害，不急不徐地開口：「妳叫我一聲學長，學長送學妹沒什麼麻煩的吧？」

紀思璿儘量讓自己的笑容看起來自然真誠，「是的，喬學長的車在哪裡？我們上車吧。」心裡卻默默吐槽，媽的！幾年不見，這個男人段數升得太快了！

紀思璿看到那輛白色的車子時，忽然停下來笑得古怪，連聲音都是陰陽怪氣的，「我記得以前念書時，你就說以後要買一輛這樣的車，看車的樣子呢，應該是買了幾年吧？喬學長，建築師是一個對經驗要求高，長期積累、成長緩慢的職業，這些年，我看過很多人撐不下去所以轉行，你當初的選擇是對的。如果真的做了建築師，可能幾年前你還買不起這輛車。」

喬裕站在路燈下看著紀思璿，紀思璿揚著下巴，一副不卑不亢的模樣，眼底晦暗不明。

在紀思璿無聲的挑釁下，喬裕忽然笑了，慢條斯理地糾正她，「我承認，建築師是一個對經驗要求高，長期積累、成長緩慢的職業。可是，按照妳的邏輯，我之所以選擇現在的行業是因為我是喬家二公子，既然我是喬家二公子，那無論做什麼行業，都應該買得起這輛車。學妹，幾年不見，妳的邏輯變差很多。」

紀思璿本想冷嘲熱諷喬裕一番，誰知卻像是使出全力的拳頭打在棉花上，他不但不惱也不怒，還一臉認真地糾正她的錯誤。如此不按常理出牌哪是喬裕的風格，她措手不及，冷著臉打開車門上車，車門關得有夠大聲。

喬裕站在車外忍了半天的笑，好不容易調整好表情才上車，順便遞了瓶水給紀思璿。

紀思璿沒接下，看向窗外假裝沒看到。

喬裕好不容易忍住的笑容又出現在臉上，他低頭收斂笑容，轉開瓶蓋重新遞了過去。

紀思璿這次倒是接過來，抿了一口，也不說話。

隨憶站在陽臺上，看到喬裕的車燈消失在夜色裡，才鬆了口氣。

站在身後的蕭子淵遞了杯熱水給她，「怎麼，怕兩個人吵起來啊？」

隨憶喝了口水才回答：「喬學長當然不會和妖女吵，我是怕妖女……你知道的，她性子就那樣，又刻薄又毒舌。」

蕭子淵倒是一副氣定神閒的樣子，「妳是沒聽到剛才喬裕的話，聽到的話，妳就不會擔心了，現在的喬裕哪還是當初那個任由妖女欺負的傻小子？」說完轉頭叫了聲，「雲醒，過來跟媽媽複述一下，剛才二叔說了什麼。」

蕭雲醒小朋友記憶力驚人，眨了眨眼睛回想了一下便開始複述：「爸爸問二叔到底是怎麼想的，二叔喝了整整一大杯茶才回答。二叔說：既然她回來了，我就不會讓她再走。我知道她心裡怨恨我，所以她見到我就學長學長地叫。他們叫她璿皇，這幾年她在建築界混得不錯，她的成就越高，心裡就越恨我，她今天正在做的一切，都是當初我們說好一起做的，她心裡的那口氣紓發不出來，就不會舒坦。當年是我的問題，我們才會分開，如今她回來，怎麼可能什麼都不在意地接受我呢？這件事急不得，只能哄她，慢慢消了氣才能往下走。」

複述完之後，蕭雲醒小朋友仰著頭問：「可是，媽媽，二叔喝水的那個杯子是我的，他都沒發現，他的杯子在另一邊。還有，璿皇是誰？」

隨憶頓住，忽然想起了什麼，「糟了，真的是一孕傻三年，我好像忘記跟妖女說當年喬裕為什麼沒和她一起去留學了。」

「璿皇就是那個漂亮姊姊啊。」蕭子淵摸摸兒子的頭回答完之後，才一臉無所謂地看向隨憶，「沒說就沒說，喬裕自己都不說，我們急什麼啊。妳啊，別多想，好好安胎，今天雲醒還跟我說，他想要個小妹妹。」

◇

這是那天開會之後兩人第二次見面，當時人太多，很多話不好說，現在只有他們兩個，喬裕看著前方的路況問：「什麼時候回來的？」

紀思璿平平淡淡地開口回答：「前幾天。」

明顯的軟抵抗讓喬裕轉頭看了她一眼，「度假村那裡妳去過了吧？之前學校有帶我們去那裡田調，妳還記得吧？」

紀思璿狀似認真地想了幾秒鐘，「不記得了。」

喬裕並不在意她的答案繼續開口：「那裡的變化還是滿大的，蓋了所學校，也找了好的老師教孩子們。」

紀思璿正襟危坐，語氣中帶著不易察覺的嘲諷，「那都是託喬部長的福，沒有喬部長，大概教育部一輩子都不會看到那裡。」

「所以……」喬裕的聲音裡帶著明顯的笑意，「妳真的去過了？」

「……」

紀思璿轉頭睇著眼，重新審視眼前的男人，是她今天喝多了嗎？為什麼她總覺得，喬裕雖然還是那副溫和的模樣，卻有些地方不一樣了呢？有些……不易察覺的強勢和腹黑？還有，現在這幅情景為什麼那麼詭異，哪裡像是前任久別重逢的模樣？

可是「強勢」這個詞怎麼會和喬裕扯上關係呢？她搖搖頭，確定自己今天酒喝得有點多，不適合迎戰，索性閉上嘴，靠在椅背上轉頭看向窗外。

車窗上映著這個男人的側臉，線條清晰漂亮，真好看。

紀思璿邊在心裡唾棄自己邊欣賞美色，喬裕轉頭看了她一眼，微微彎了彎嘴角。

紀思璿知道自己帶著酒氣回去又會被沈太后罵，想在外面先散散酒氣，「在前面讓我下車就行了。」

喬裕在等紅燈的間隙轉頭看著她，「我記得這裡離妳家還挺遠的，這麼晚了，妳還不回去嗎？」

「喬學長管太多了吧？學妹晚上去哪裡這種事，也歸學長管嗎？」說完，紀思璿已經解開安全帶、打開車門，動作靈巧地跳了出去，「學長，晚安啦。」

喬裕想追下去，剛好紅綠燈變成綠色，後面汽車的喇叭聲此起彼伏。喬裕轉頭看了眼那道融入夜色的身影，歎了口氣，踩下油門。

紀思璿走了很久，身上的酒氣還沒散乾淨，好在回去時沈太后已經睡了，她洗了澡躺在床上打電話。

「我說，徐大組長，韋忻那傢伙到底什麼時候到啊？」

徐秉君翻著信箱裡的郵件，『按照計畫，應該是明天上午到，他有寫信來說到時候會直接過去。』

紀思璿想了想，「喔，那明天上午的會議取消吧，改成下午。」

徐秉君似乎也不是很想管韋忻，馬上回答：『同意。』

◇

第二天上午，喬裕在走廊上看到一個拖著行李箱的男人，站在會議室門口東張西望。

那個人一抬頭看到喬裕便開口問：「請問ＤＦＳ公司的會議是在這裡嗎？」

一張華人臉孔，中文卻說得有些彆扭。

喬裕大概猜到了，「會議臨時取消了，延到下午，您是……那位一直在國外幫其他項目收尾的負責人？」

那個人低頭咒罵了一聲，一低頭，左耳耳垂上的耳環熠熠生輝，然後他抬起頭來介紹自己：「是的，我叫韋忻。」

喬裕微笑著向這位剛到的專案負責人伸出手，「你好，我是喬裕。」

這個面容清秀的斯文男人卻在下一秒跳了起來，一臉誇張地睜大眼睛看著他，大叫著：「喬裕？喬裕？喬裕！守護神！天啊天啊！」

喬裕看著面前團團轉的男人不明所以，「怎麼了？我的名字很奇怪嗎？」

韋忻很快恢復之前到溫文儒雅的模樣，盯著喬裕看了許久，嘴角噙著一抹意味深長的笑容，沒頭沒腦地開口：「建築系裡有一處標誌性建築，號稱建築系的神壇，每年建築師考試時都有學生去那裡掛卡片，內容大致相同，無非是考試能過之類的。可是紀思璿掛的和別人不一樣，恰好她每門考試的成績都好得令人髮指，所以就有好事者摘下她的卡片來看，只是又不懂中文，所以就拿來給我看，問是什麼意思。你猜我們的璿皇寫了什麼？喔，對了，就是紀思璿，我們都叫她璿皇。」

喬裕心頭一顫，「寫了什麼？」

韋忻一笑，薄唇輕啟，「兩個字，喬裕。」

韋忻不顧喬裕的沉默繼續說著：「別人問我喬裕在中文裡是什麼意思？是不是類似阿門

之類的祈禱詞。那個時候我不知道喬裕就是你，只是覺得應該是個名字，可是那幫老外會錯意，以為是守護神。你不知道，從那之後每年考試季，你的名字就掛滿整個建築，看起來有夠壯觀。不知道是不是心理作用，掛了你的名字之後，竟然真的有好多人通過考試，就此一發不可收拾。喬裕這個名字幾乎被所有的建築系學生奉若神明，經久不衰。即便我和紀思璿畢業之後還是如此，喬部長要是有時間，可以去看看。」

喬裕垂著眼簾，不知道在想什麼，耳邊卻響起女孩的調戲聲。

『噯，喬裕，如果考試的時候我在考卷上寫我是你的女朋友，老師會不會給你個面子讓我過了？』

『嗯……真有想法，我是妳的守護神嗎？』

『你本來就是我的守護神啊！』

記憶撲面而來，喬裕的神色未變，只是垂著的眸中靜靜流淌著誰都看不到的隱忍。

「很搞笑的一件事吧，可是畢業那天晚上，我看到璿皇站在建築前一臉悲傷，默默站了很久。我從來沒在她臉上看過那種表情，她一直都是……」韋忻停頓了一下，似乎在想形容詞，「明媚的、灑脫的、光芒萬丈的，對，就是光芒萬丈！後來我一直在想一個人要有多傷心，臉上才會有那種表情。我現在明白了，那是因為你，喬裕。」

那是因為你，喬裕。

一直到下午開會前，喬裕的耳邊還環繞著這句話。

說是三位負責人，但紀思璿和徐秉君似乎都不太善待韋忻，你一言我一語，話中帶刺地圍攻他。

徐秉君拿筆指了指韋忻，和喬裕部裡的人做介紹：「這位看起來時尚又帥氣，有才華又風騷的男士呢，就是我們的主創建築師韋忻韋工。」

紀思璿補充，「韋忻這名字嘛，聽上去就不像什麼好人，韋小寶的韋，忻嘛，心理陰暗又斤斤計較，一個男人取了個女孩的名字，一定有一段不為人知的故事，是吧，忻忻？」

「妳再叫我忻忻，我真的會翻臉！」韋忻還沒等紀思璿繼續補充就先爆炸，只可惜中文發音依舊不標準，「我們已經見過了，好嗎？我們相談甚歡，是吧，喬部長？我的中文講得很好的！」

喬裕這邊的人都在憋笑，只覺得DFS公司派來的這三位真是太有意思了。一位有種正經的反差萌，一位是漂亮的女王大人，現在又來了個帥氣的傻蛋，他們對即將開始的專案充滿了期待。

喬裕別有深意地看了紀思璿一眼之後，才笑著看向韋忻，「是的，韋工。」

一下午的會議複雜而冗長，後來因為喬裕被其他事情叫走才提前結束，結束前敲定兩天後去度假村實地考察。

散會時，韋忻湊到紀思璿面前，示意她看匆匆離開的喬裕，「故人重逢，怎麼樣啊？」

徐秉君奇怪，「你怎麼知道她跟喬裕是校友？」

韋忻一臉得意，「哼，我跟璿皇讀研究所時可是同班同學，知道很多你不知道的事情呢，老人家！」

徐秉君立刻翻臉，「我只比你大了幾歲而已，誰讓你們倆跳級的！」

紀思璿白了韋忻一眼，「來得這麼晚，還這麼多話！」

韋忻繼續擠眉弄眼，「建築系的神壇奇觀喔。」

周圍已經有人圍過來了，好奇地問：「什麼奇觀啊？」

紀思璿拉著韋忻的手臂到角落裡，壓著聲音惡狠狠地開口：「我警告你，韋忻，你如果敢在喬裕面前亂說話，我就讓你有來無回！一個英籍華人到了別人的地盤上還敢撒野？」

韋忻睜大眼睛，揮舞著手臂求救，「喂，請問，離這裡最近的大使館在哪裡？我要尋求救助！有人恐嚇我！」

紀思璿放開他，趾高氣揚地瞪他一眼，然後昂首闊步地離開。

喬裕去看樂准時天已經黑了，他剛下車，就看到樂老夫人站在門前朦朧的燈光下等他。

「外婆。」喬裕快步走過去扶著老人往裡面走，笑著開口，「怎麼在這裡等啊？我又不是不認得路。」

樂老夫人年輕時是個美人，性情秉性更是沒得說。而樂老爺子一生戎馬，是條鐵錚錚的漢子，卻唯獨對夫人言聽計從，由此可見一斑。

樂老夫人拍拍外孫的手，一臉慈祥，「剛吃了飯，要出來走走，順便等你。你外公念你念半天了，在書房裡，快進去吧。」

喬裕點點頭，轉頭示意身後的人上來扶著樂老夫人，剛走了幾步又被叫住。

樂老夫人終究心疼外孫，暗示喬裕，「你外公教你的那些東西，你還記得吧？」

從小到大，樂准教他的東西數不勝數，喬裕被問得一頭霧水，等進了書房，看到樂老爺子在寫毛筆字才恍然大悟。

樂准正在寫林則徐的《十無益格言》，聽到開門聲也沒抬頭，手底的字舒展流暢，又不失風骨，喬裕默默站在幾步之外認真看著。

樂准寫了一會兒後開口問：「兄弟不和，交友無益，下一句是什麼？」

沉靜內斂如喬裕也有年少調皮的時候，孩童時期的喬裕不知道被罰抄寫這《十無益格言》多少遍，記憶深刻，條件反射般地回答：「行止不端，讀書無益；做事乖張，聰明無益。」

欒准筆下動作很快，繼續問：「還有呢？」

「心高氣傲，博學無益；為富不仁，積聚無益；巧取人財，佈施無益；不惜元氣，服藥無益；淫逸驕奢，仕途無益。」

欒准寫完最後一句才放下筆，笑著抬起頭看了喬裕一眼，招呼他：「過來喝茶。」

喬裕知道這是過了關。

欒准抿了一口茶後緩緩開口：「今天去看了你哥哥，他的氣色很不好，我知道他沒說實話，當著你外婆的面我也不好問，怕她擔心。」

喬裕知道欒准想問什麼，皺了皺眉，畢竟外公年事已高，他斟酌半晌才開口：「情況不是很好。」

「你爸知道嗎？」

「不知道，哥瞞著所有人。」

饒是在戰場上見慣生死的欒准也不免有些動容，好一陣子都說不出一個字。

喬裕心裡也難過，看到外公這樣本想安慰兩句，但思來想去也找不到什麼合適的話，心底更加鬱悶了。

欒老夫人敲了一下門，很快推門進來，手上端了托盤，托盤裡是兩碗甜湯，笑著問：

「你們爺孫兩個說什麼呢，臉色這麼難看？」

樂准手裡的拐杖一下子打在喬裕的小腿上，「被這小子氣死了！這麼大了，也不知道領個孫媳婦回來。」

喬裕也配合，站起來接過外婆手裡的托盤，笑著回答：「外公說，樂曦那個丫頭都做媽媽了，叫我快一點！」

樂老夫人很是贊同，一臉怪罪，「你啊，歲數不小了，可以談戀愛了，自己要積極點。」

喬裕哭笑不得，看著兩位老人一臉無奈，「怎麼積極啊？一次談兩個？」

樂准的拐杖很快又招呼上來，「你這小子！」

說完三個人哈哈大笑。

喬裕又陪兩位老人聊了一會兒才離開。出了門，喬裕又回頭看了一眼，橙色的燈光朦朧溫暖。二樓書房的燈還亮著，當年他和比他高半顆頭的喬燁在那間書房裡聽樂准教這個、教那個的，似乎還是昨天的事。

◇

喬裕的母親早逝，父親忙於工作，樂准在他們的人生道路上做了最初的啟蒙者和引導者。

炎熱而漫長的夏天，窗外的知了叫個不停，其他孩子的嬉笑聲還在耳邊，屋內悶熱不堪。樂准在書房裡邊踱步邊念著什麼，他和喬燁站在小板凳上，勉強構到桌子，拿著毛筆寫著樂准說的話。

樂准中氣十足的聲音還隱隱在耳畔迴響。

「學書須先楷法，作字必先大字。大字以顏為法，中楷以歐為法，中楷既熟，然後斂為小楷，以鐘王為法。大字難於緊密而無間，小字難於寬綽有餘。書法又分南北派……」

「人之初，性本善……」

小不點的男孩寫著寫著，忽然費力地歪頭，小聲問旁邊大一些的男孩子：「哥，苟不教的苟是哪個字，怎麼寫啊？」

大一點的男孩停下筆想了想，很確定地回答：「應該是小狗的狗，小狗不叫了啊。」

小男孩大眼睛眨啊眨，「小狗為什麼不叫了啊？」

下一秒振聾發聵的怒吼聲就響起：「什麼狗不叫！不是小狗的狗，是一絲不苟的苟！『一絲不苟』沒聽過嗎？」

嚇得筆都掉了的兄弟倆被濺了一臉的墨汁，一臉呆萌地搖頭，頭頂翹起的幾根頭髮跟著搖擺，一起露出整齊白皙的乳牙開口回答：「沒聽說過。」

樂准瞪著眼睛，「上次不是教過了嗎？『苟不教，性乃遷』，是說如果從小不好好教育，善良的本性就會變壞！記住了嗎？」

白白淨淨的兩個男孩使勁點頭，「記住了！」

「寫一百遍！」

兄弟倆又被嚇得一抖，眼睛睜得大大地看著樂准，不敢說話。

一直在旁邊靜靜看書的樂夫人輕咳了一聲。

樂准臉色緩了緩，鬆了口，「算了，寫十遍吧！」

再大一點後，他和喬燁終於知道了什麼是「苟不教」。從《三字經》到《誡子書》，認識了更多的字，樂准又教他們什麼是「書味深者，面自粹潤」。

於是，他和喬燁又把書架上的書囫圇吞棗般地翻了一遍，差點把書架都拆了。再長大一點，樂准又教他們什麼是教養和家風。再後來，喬燁很少來，樂准對他的要求也越來越高。

「言辭要緩，氣度要宏，言動要謹。」

「律己，宜帶秋氣。處世，須帶春風。」

「人要學會隱忍和積累，養得深根，日後才能枝繁葉盛。」

而那年，喬裕外調去南方，臨走前來看樂准。那時發生了太多事，喬燁的身體每況愈下，而他也放棄了自己的夢想，又要遠行，紀思璿出國或許再不能相見。他越發沉默，和樂准在書房裡坐了一個小時，直到樂准全套的工夫茶泡完都沒有開口說過一句話。

樂准把杯子遞過去，「當初你的名字是我取的，何為裕？古書說，強學好問曰裕；寬仁得眾曰裕；性量寬平曰裕；仁惠克廣曰裕；寬和不迫曰裕；寬和自得曰裕。裕者，仁之作也。林語堂先生說，八味心境，濃茶一杯。喝了這杯茶就走吧。」

往事近在眼前，喬裕轉頭繼續往前走，忽然想起了什麼，若有所思地低聲重複了一句：「態度積極點……」他停下來拿出手機，靠在車上打電話。

很快地來電答鈴結束了，取而代之的是一道慵懶的女聲，『喂，哪位？』

喬裕頓了一下，自報姓名：「喬裕。」

紀思璿的反應極快，處變不驚地開口：『喔，喬部長啊，不好意思我下班了，有事明天再說吧。』說完，啪地一聲掛了電話。

喬裕本來也不知道打電話給紀思璿要說什麼，可被她這麼忽然掛了電話也愣住了，幾秒鐘之後忽然笑出來，收起手機上車回家。

紀思璿掛了電話就盯著自己的手機出神，翻來覆去地在待機畫面和通話紀錄之間切換。

沈太后看著電視，用餘光瞟了她一眼，「等電話啊？」

紀思璿立刻把手機扔到一邊，扔完之後又覺得自己的反應過激，輕手輕腳地撿回來，看了看沈太后的臉色才回答：「沒有。」

沈太后高深莫測地看了她一眼，慢吞吞地開口：「沒有就關機睡覺吧，明天不是要去實地考察嗎？妳起得來嗎？」

紀思璿看了眼牆上的時鐘，立刻急匆匆地站起來，「要睡了、要睡了！」

她被喬裕的一通電話擾得心神不寧，躺在床上自我催眠了半天也沒睡著，於是開始理性地分析。

喬裕，學長，喬家二公子，喬部長，炙手可熱的政壇新貴，合作對象。從學妹的角度，他曾經教過她不少東西；從合作對象的角度，為人正直，脾氣平和，沒有政府高官的架子，又是科班出身，極好溝通；從純女人的角度，長相、身材、背景、修養、氣度、秉性，樣樣頂尖，可謂是男神中的男神；從前女友的角度……

紀思璿拉起被子蓋在腦袋上，當年她是怎麼從女友變成前女友的？

簡單，狗血。

他是個溫和的人，就連分手也說得委婉。

「思璿，我不能和妳去留學了。」

「我父親幫我安排了工作，我一畢業就要過去。我父親……妳可能聽過他的名字，他叫喬柏遠。」

那個時候，她才真正知道和她在一起那麼久的男孩到底是什麼人。是啊，她聽過，她怎麼可能沒聽過，喬柏遠，喬家，那麼，喬家的二公子怎麼會和她去做什麼建築師呢？

她就像個傻子一樣，還想著什麼天長地久。

那個和她興致勃勃地討論留學計畫，談起普立茲克建築獎就神采飛揚的男孩，那個才華橫溢，看到他的作品就覺得溫暖的男孩，原來都是一場夢。

或許是夢裡的一切都太美好，忽然醒來她真的難以接受。或許那個叫喬裕的男孩跟她說的建築夢想是真的，而如今告訴她他選擇了現實也是真的。直到今天，她對喬裕當初的取捨都耿耿於懷，所以才會在那麼多人面前嘲諷他聽不聽得懂，所以才會在看到那輛車時嘲諷他捨棄了夢想，選擇了前途無量的一條路。

她至今都在佩服自己當時的表現，冷靜、大氣，就算心裡難過得差點喘不過氣也沒有一點失態，只是靜靜地聽著，看著喬裕，等他說完，平靜地接了一句：「喔，我知道了。」

然後轉身離開，再也不肯見他一面。

一轉身就過了這麼多年。

一夜翻來覆去，第二天果然睡過頭了，她急急忙忙地到了集合地點。

第四章　第一次親吻，甜蜜

屋外的槐花開得正好，
微風吹過，鼻間都是花香，
還有他的氣息。

一群人遠遠就看到戴著墨鏡、穿著短袖、長褲的白色運動裝、白色短襪、白色板鞋的紀思璿不急不緩地晃過來。

徐秉君註定是操心的命，站在車邊等了半天，「大姊，您這是要去實地勘測還是去度假啊？」

紀思璿微微拉下墨鏡，瞇著眼睛看他，「你再叫我一聲大姊試試，老年人！難道你想讓我穿著裙子，踩著十公分的高跟鞋出現在你面前嗎？」

徐秉君無語，「怎麼現在才來？」

紀思璿抬手看了看手腕上的錶，「我又沒遲到。而且韋爵爺都還沒來，你抓著我不放幹什麼！」

徐秉君拿出手機準備再催一次，「那個萬年難搞王什麼時候準時過？」

紀思璿從他身邊晃過，「對啊，你省點力氣，待會兒訓他吧！天氣太熱，我先上車了。」

說完扶著墨鏡，繼續晃上車。

他們的人太多，尹和暢便安排了遊覽車，這樣方便也划算，坐同一輛車交流起來也方便。尹和暢安排女士坐在前排，男士們都坐在後排。

紀思璿上了車前後看了看，喬裕坐在車尾，尹和暢坐在他旁邊，小聲地和他說著什麼，並沒注意到她，而其他人三三兩兩地坐在一起聊天。她衝眾人笑了一下算是打了招呼，之後挑了個空位坐下補眠。

有人湊到紀思璿組裡的成員面前，小聲地問：「璿皇有沒有男朋友啊？」

紀思璿手底下的人跟著她的時間不短，聽到這個問題如鯁在喉，費力地搖頭。

「璿皇這種條件怎麼可能沒有男朋友？」

「兄弟，聽我一聲勸，千萬別出手。璿皇呢，漂亮是漂亮，有才也確實有才，但我們無福消受啊。其實她還有個外號，叫少男心收割機。你知道收割機的工作流程吧？你敢把心遞過去，她就敢收割，碾壓，翻滾，然後把你碎成渣的心打包扔到身後。這些年追璿皇的人傷亡慘重，輕者另尋佳人，重者對所有女人都失去信心，另尋郎君了。」

「不至於吧？」

「所以，所謂女王，只可遠觀，不可褻瀆也。」

眾人一臉心有戚戚焉，往紀思璿的方向看了看，心有餘悸地按捺下一顆顆即將萌動的春心。

喬裕跟尹和暢說完話之後，一抬頭便看到紀思璿已經到了，她雙手抱在胸前正在睡覺，窗外的陽光照在她的臉上，留下一片金黃與眩目，再看到一群人邊看著她的方向邊說著什麼，喬裕低下頭微微笑起來。

韋忻來得一如既往的晚，徐秉君揪著他從車頭一路道歉到車尾。韋忻使勁掙扎著拍開他的手，「我的衣服！新買的！皺了！放手！」

幾天相處下來，大家也混熟了，便湊在一起聊八卦，說說笑笑了一會兒。美女從來都是引人注目的，沒一會兒便有人引導紀思璿說話。

「璿皇，妳和徐工、韋工一直是搭檔嗎？」

紀思璿轉頭看了眼正在車尾和喬裕相談甚歡的徐秉君和韋忻，「差不多吧，搭檔的次數比較多，他們一個是理論派，一個是實戰派，搭檔起來既有激情的碰撞又不會天馬行空，都是好搭檔。」

「還有呢？」

「還有？」紀思璿扯下墨鏡仔細想了想，「一個要錢，一個要命，韋工在追設計尾款上無人能及，徐工壓榨手下時毫不手軟。」

一陣哄笑聲之後，又有人問：「那相同點呢？」

有年輕的女孩子起鬨，「當然是都很帥啦！」

「相同點嘛，就是都不要臉。」紀思璿瞇著眼睛想了想，認真地開口，「比如你去問韋工，韋工韋工，你怎麼長得那麼帥啊？他會回答，天生的，羨慕也沒用。如果你去問徐工，徐工徐工，你怎麼長得那麼帥啊？徐工會問你，叫你準備的提案做好了嗎？拿來我看。」

「哈哈哈哈……」

「璿皇，是不是常有人說妳漂亮？」

紀思璿一臉理所當然，「對啊。」

「有什麼感受？」

紀思璿興致缺缺，「我一直都知道我漂亮啊，不需要別人說。」

眾人樂了，「哈哈哈……」

「璿皇，聽說妳和我們喬部長是校友，那妳一定知道他大學的時候是不是有很多女孩子追？」

「嗯……」紀思璿本來還揚起嘴角損別人，聽到這裡忽然覺得心虛，戴上墨鏡掩飾閃爍的目光。

笑聲早就引起了後排的注意，唯一了解內幕的韋忻笑得花枝亂顫，朝她挑了一下眉，似乎在說：看妳怎麼回答。偏偏喬裕還一臉微笑，好整以暇地看熱鬧。

徐秉君抬頭看了一眼後，繼續低頭盯著電腦。

或許是喬裕並不阻攔的態度鼓勵了一群八卦的人，他們繼續追問。

「那他大學時有沒有交過女朋友？」

紀思璿有些坐不住了，強裝鎮定地回答：「交……交過……」

「交過幾個？漂不漂亮？」

紀思璿真的崩潰了，就差狠下心來撒謊，告訴他們其實我跟你們喬部長念大學時真的不是很熟，但又說不出口。正當她不知該怎麼接招時，喬裕帶著笑意的聲音緩緩響起，「交過一個，長得很漂亮。」

韋忻在一片起鬨聲中開始煽風點火，故作好奇地問：「再怎麼漂亮，有璿皇漂亮嗎？」

喬裕聽見後，微微歪頭看向紀思璿，目光專注，似乎真的在比較兩者的容貌。

紀思璿仗著有墨鏡遮擋視線，也肆無忌憚地和他對視。

這大概是時隔這麼多年來，她第一次這麼毫無忌憚地看他，從眼角、眉梢到唇角下巴，把臉上的輪廓線條都細細地勾勒了一遍。其實喬裕的眉眼長得很好，是少見的丹鳳眼，狹長漆黑，眼尾斜飛入鬢，深邃有神。微微笑著時，唇角微揚，眼波流轉，清澈明亮，無端讓人覺得溫暖。不過短短的幾秒鐘，她終於承認，這個男人無論是長相還是氣質，如今依舊是是她的菜，可是她早已沒了當初年少輕狂時的無畏和勇氣，再也做不出當眾宣布他的歸屬權這樣的事。

又過了幾秒鐘，紀思璿看到喬裕迎著她的視線開口：「我女朋友更漂亮。」

其實她戴著墨鏡，喬裕根本看不到她的視線落在什麼地方，或許這一切都是源自她的心虛所產生的錯覺。

韋忻憋著笑，「一家之言不足信，璿皇妳肯定見過喬部長的女朋友。妳說，有沒有妳漂亮？」

紀思璿聽了喬裕的話，不知道是鬆了口氣還是在跟自己生氣。他這句話的意思是說，自己沒有當年好看？

總之，一口氣不上不下地憋得她心煩，瞪了韋忻一眼之後，不冷不熱地開口：「當然是喬部長的女朋友漂亮了，我若說我漂亮，豈不是得罪了喬部長。」

韋忻一臉不服，「但妳也不是願意委屈自己的人啊。」

紀思璿咬牙切齒，「韋忻，你一個男人怎麼那麼八卦！」

徐秉君終於從電腦裡抬起頭，看看喬裕，又看看紀思璿，又看了看格外興奮的韋忻，忽然間好像發現了什麼。

一場八卦以紀思璿和韋忻的唇槍舌劍畫上了句號。

紀思璿轉過頭，視線別有深意地從喬裕臉上滑過，卻又與他的視線不期而遇。

快到中午的時候，他們才到達目的地。這裡確實是個山清水秀的好地方，藍天白雲，空氣清新，一掃旅途的疲勞。紀思璿跟著嘻嘻哈哈的一群人下車，隔著墨鏡微微瞇起眼睛，看著不遠處的樹林。

這個地方紀思璿不是第一次來，不久前為了拍照她才來過。其實，她第一次來是在更早以前。

◇

那年春天，系上舉辦團體寫生，就是來這裡，也就是在這裡，她第一次見識到喬裕發火是什麼樣子。

那時是寫生的最後幾天，她因為被喬裕盯著而提前完成作業，每天就在這個山清水秀的世外桃源裡亂晃，悠閒地看著別人瘋狂地趕作業。

那天下午她昏昏沉沉地睡著午覺，醒來時已經傍晚四點了，她洗好臉出門，就聽到村口小孩的哭聲：「你們不要打牠，我家裡有雞，你們想吃，我把我家的雞給你們好不好？」

緊接著是幾個成年人凶狠的怒罵聲：「滾開！誰不知道整個鎮上就你家最窮！哪會有雞！」

紀思璿找到聲音的來源時，周圍已經圍了不少同學，人群中間是幾個拿著氣槍的成年男子，旁邊還站著一個六七歲的小男孩，看樣子都是鎮上的人。

小男孩抱著其中一個男人的腿，「我家真的有雞！我不騙你！」

「關你什麼事啊！鳥都被嚇跑了，你賠得起嗎？」男人似乎不耐煩了，一腳踢開孩子，拿著氣槍瞄準樹林裡的鳥。

紀思璿看著周圍的男男女女，有的純粹是看熱鬧的，有的似乎是看到小孩子被欺負，於心不忍，卻礙於幾個成年男子的凶狠而不敢上前。

她有些氣憤，剛想上前，就看到喬裕從人群的另一邊走出來。他扶起摔在地上的小孩子，平靜地開口說：「勸君莫打三春鳥，子在巢中待母歸。連小孩子都懂的道理你們不懂嗎？」

幾個男人看著喬裕，大概覺得這個白白淨淨、看起來瘦弱的學生沒威脅力，一臉蔑視，「你誰啊？你憑什麼管我們這裡的事？」

喬裕半蹲在地上，拍著小孩子身上的灰塵，看都不看他們一眼，一臉平靜地開口：「你們做錯了事，別人難道管不了嗎？」

喬裕拍拍手站起來，迎著挑釁的目光看過去，不喜不怒，不卑不亢。

幾個男人打量了幾眼喬裕，圍成一圈，小聲嘀咕了幾句，然後有個人朝喬裕伸出手，「想管也行啊，給錢吧！給了錢我們就不打鳥了。」

紀思璿饒有興致地看著，本以為喬裕肯定會用最溫和的方式解決，更何況他並不缺錢。沒想到喬裕竟然輕笑了一聲，緩緩開口：「為什麼要給你們錢？」

他的聲音清冽低沉，眼裡看不到怒意，臉上的線條依舊溫和放鬆，連嘴角的弧度都彎得恰到好處，一切如常，卻讓人在第一時間清晰地感覺到他在生氣。紀思璿的少女心立刻被氣場全開的喬裕啟動，拿著手機在同寢室四個人的群組裡狂丟訊息。

『哇啊啊！』

『老娘的眼光真是好到爆棚啊！』

『看上的男人長得好看就算了，人品還那麼端正！』

『簡直就是沒有天理啊！』

剛丟完，就看到喬裕指指站在旁邊的孩子說：「思璿，妳先送他回家。」

紀思璿還沒從興奮中回神，乖乖地點頭，走過去牽著小孩子的手，邊問他家住哪裡邊往外走。

等紀思璿送小男孩回家再折回來時，人群已經散了，她錯過了喬裕成年之後的第一場打架。她和幾個帶了傷痕，低垂著腦袋的男人擦肩而過，雖然不敢相信，還是不死心地拉住旁邊幾個認識的同學，「結束了？你們有拍下來吧？」

那幾個人明顯還處在震驚中，答非所問：「以後千萬不要得罪喬裕。」

「對對對……」

「一出手就看得出來是練過的。」

「對對對……」

「喬學長溫柔起來那麼帥，沒想到打起架來簡單粗暴，比平常還帥！」

「喂喂喂，妳們女生不是說不喜歡動粗的男人嗎？」

「喔，其實這種事情還是要看臉！」

紀思璿一臉期待地看著他們，幾個人整齊地搖頭，「事情發生得太突然，畫面太美，我們沒來得及錄下來。」說完又有人同情地看著她說，「紀學妹，或許妳錯過了喬學長最帥的樣子。」

紀思璿一臉悔恨交加地跑走，找到喬裕時他正坐在竹椅上，拿棉花棒消毒手上的傷口，或許是疼痛的關係，他的眉頭皺成一團。

聽到腳步聲，他抬起頭看到她，扯著嘴角笑了一下。紀思璿這才發現他的嘴角也腫了，雖然比那幾個鬧事的男人好了不少，但畢竟以寡敵眾，也是結結實實地挨了幾拳。她走過去接過他手裡的棉花棒，站在他面前幫他消毒傷口，但是滿臉的不高興，「怎麼同學們看到你和他們打架都不幫你啊？」

喬裕替他們開脫，「是我叫他們別動的，打架被老師知道會被記過。」

紀思璿輕輕捏著喬裕的下巴讓他微微抬起頭，拿棉花棒輕輕點在嘴角的紅腫處，一臉心疼，「他們就是想要錢嘛，給他們就好了。」

兩個人一站一坐，喬裕又被她捏著下巴仰著頭，姿勢有些奇怪。他抬手揉揉她的臉，

「因為有小朋友在，小朋友的是非觀念還沒有那麼明確。如果真的給錢了事，就會讓他以為自己做得不對。但事實上，他並沒有做錯什麼。」

紀思璿還在為沒有看到實況而耿耿於懷，「所以你就讓我把他帶走，怕他看到你是用拳頭來解決問題的？」

喬裕彎了彎唇角，「不全是因為他，其實我也不想讓妳看到，畢竟打架不對。」

紀思璿被他一句話哄得心花怒放，雖然依舊板著臉，手下的動作卻越來越輕柔，「那你還打？」

喬裕的手輕輕搭在她的腰上，「這幫人不講道理，不過，我腦袋不好，也想不出什麼好的辦法。」

那時候他們在一起沒有多久，之前也就是牽牽手抱一抱而已，此刻他的動作自然，兩個人又貼得很近，像是被他摟在懷裡，紀思璿也就開始胡攪蠻纏，「我不管，喬裕，我都沒看到！他們都看到了！你再打一次給我看！」

喬裕無奈，「還打，妳就不怕我被打死啊？」

紀思璿扔掉手裡的棉花棒，捏著他的下巴，壞笑著低頭在他的唇上蜻蜓點水般的一碰，「好啦！」她站在那裡俯視著面前這張臉，其實這個角度對臉部線條和五官的要求特別高，但喬裕這張臉顯然禁得起角度的考驗。

紀思璿從小就被人誇長得好看，但喬裕的好看跟她並不一樣。乍看並不讓人驚豔，但看久了便會覺得自己當初看走眼。他的臉棱角分明，五官深邃立體，帥氣又耐看，眉宇間那一抹平和清淡的神韻，從眼角蔓延到整張臉，讓他整個人看起來溫良宜人——大概就是這股氣質，讓人忽略了他原本極佳的容貌。

就像他這個人一樣，所謂潤物細無聲，便是如此。

喬裕大概沒想到她會在這個時候調戲他一把，愣在那裡直直地盯著她看。

紀思璿輕咳一聲，「你……這個樣子如果老師問起來怎麼辦？」

喬裕站起來歎了口氣，「實話實說啊。」

「那不行！打架會被罰的！不如我吃點虧，就說是你親我時被我咬的？」

「噗……到底是誰吃虧啊？」

「哈哈哈……」

她不服氣地仰著頭，後來有些不好意思了，皺著眉低下頭來，咬著唇，一張臉紅得快滴血，剛好錯過了他唇邊強忍的笑。粉嫩的唇瓣被她咬得泛紅，剛才她一觸即離，微涼甜美的觸覺似乎還在，他竟想嘗嘗那軟軟嫩嫩的唇，想也沒想就覆了上去。他探出舌頭時她明顯一僵，待他撬開她的唇舌，她開始不知所措地慌張。後來學著小心翼翼地舔弄他，他亂了氣息，把她往懷裡帶。

後來，她紅著一張臉輕捶他，他才肯放開她，抵著她的額頭低喘輕笑。

她的眼睛濕漉漉的，粉色的唇泛著誘人的色澤，喬裕忍不住輕點了幾下，卻越發上癮。

屋外的槐花開得正好，微風吹過，鼻間都是花香，還有他的氣息。

◇

早已過了槐花的花期，紀思璿深吸了口氣，似乎能聞到空氣中的槐花香。

喬裕一行人要和鎮上的幹部和村民交涉土地和修建旅遊區的相關事宜，紀思璿、韋忻和徐秉君要實地考察以及測量基礎資料，於是分頭行動。

傍晚時分，兩群人才碰面開了個小小的會議。累了一天，中午也沒吃好，喬裕看大部分的人都沒精打采的，便提前結束了會議，集體去村長家吃飯。

他們人多，到的時候飯還沒做好，浩浩蕩蕩的一群人又如幽魂般散到各處。

紀思璿沿著小路到處溜達，這幾年這裡真的沒有任何發展，所有的一切似乎都定格在她第一次來的時候，沒有任何變化。

她想起上次來的時候聽說這裡建了所學校，還是喬裕牽線搭橋的，於是想去看看，但走來走去有點迷路，正鬱悶時，聽到身後有人叫她：「是紀姊姊嗎？」

紀思璿回頭，看到一個十幾歲的男孩在叫她，男孩揹著書包，似乎是剛剛放學。她盯著他看了看，忽然笑了，「那個時候你還小，竟然還記得我啊？」

男孩靦腆地笑了笑，「那個時候妳和大哥哥幫過我，我會記得一輩子。」

男孩的純樸讓紀思璿覺得很溫暖，笑著走近，「後來有沒有人再欺負你？」

「那年，大哥哥臨走前還特意來看我，告訴我我做得很對。」男孩有些侷促地捏著衣角，「就算別人可以在拳頭上暫時壓制我，但對就是對，正義是站在我這邊的，我不能因為怕被別人欺負而是非不分。大哥哥留了錢給媽媽，還把他的筆送給我。」

這些事紀思璿並不知道，但原來還有人跟她一樣記得當年的事情，「有一句話叫，贈人玫瑰，手有餘香。就是說幫助了你，大哥哥自己也很快樂。」

男孩點點頭，「這幾年大哥哥一直都有來看我們，還帶了很多書，說是紀姊姊送給我們的，他說妳太忙了，就託他帶給我們。」

紀思璿的笑容一滯，眼底的落寞一閃而過。

「鎮長說，等度假村建好了，我們就會有錢起來，是這樣嗎？」

「嗯。」

「紀姊姊，前面是我家，妳要不要去看看？我媽媽看到妳會很高興的。」

紀思璿想了想，說：「好！」

紀思璿對男孩的媽媽還有點印象，但她沒想到的是，幾年不見，這個女人會病得這麼嚴重。男孩的母親見到紀思璿確實很高興，或許是太激動了，咳嗽根本停不下來，男孩手忙腳亂地遞水給她。

男孩的母親喝了水，總算止住咳嗽，便打發男孩去寫作業。

男孩聽話地出去了。

紀思璿有些難過，「看過醫生了嗎？」

男孩的母親一臉平和地說，「去過了，喬先生和鎮長一起帶我去大醫院看過，真的治不好了，在那裡等死，不如回來陪陪孩子。看著他，我心裡也高興。」

紀思璿不死心，「有病歷嗎？我能看看嗎？」

男孩的母親指著櫃子，「在那裡，不好意思啊，小姐，妳自己拿一下。」

紀思璿看過診斷書，心裡更難過了。

「小姐，妳長得好看，心地也很善良。喬先生也是，你們都是好人。」

男孩的母親只是隨意地說，卻在紀思璿的心裡激起漣漪。

過去幾年，她在異國那麼長的日子裡，沒有人跟她提起喬裕，更不會把他們牽扯在一起。但回到這裡，似乎當年所有的一切都回來了，每個人和她聊天時都會很自然地提起喬裕，就好像，他們這幾年從來沒有分開過。

或許是吃藥的緣故，男孩的母親和她說著說著就睡著了。紀思璿輕聲退出來，去旁邊的房間。

男孩把書本拿給紀思璿，「紀姊姊，妳幫我看看，我寫的都對嗎？」

紀思璿接過課本，若無其事地開口：「喔，我看看，你先寫別的作業。」

說完，很認真檢查般地慢慢挪到男孩身後，悄悄把錢夾在書裡後遞回去，「嗯，寫的都對，等一下拿給你媽媽看，媽媽看到你這麼聰明一定很高興。」

男孩笑得天真無邪，接過書，歡天喜地地跑去找媽媽了。

紀思璿也悄悄離開了。

然而，走了沒多遠，就被男孩追上。他的手裡捏著一條手帕，裡面的東西紀思璿心知肚明。

「媽媽說，妳和大哥哥已經幫我們很多了，不能再拿妳的錢。」

紀思璿半蹲下來，「你知道嗎？姊姊喜歡投資，投資的意思呢，就是說我現在投入一小筆錢，以後會收穫一大筆錢。這筆錢是我借給你的，等你以後上了大學、工作了，一定會還給我，而且會還給我更多，對不對？」

男孩使勁點頭，「嗯！對！」

「所以，以後媽媽不舒服了，你就拿這些錢帶媽媽去看病。姊姊以後會經常來這裡，不夠的話，你就去要建度假村的那塊空地找我。」

男孩低著頭沒回答。

紀思璿知道，他是不會去找她的。

沉默了一會兒，男孩忽然抬起頭，「姊姊，以後我真的會還妳的！」

「好！」紀思璿忽然有些不好意思，皺著眉很為難地問，「那個……我要去你們學校，應該怎麼走？」

紀思璿在男孩的指引下繞來繞去，總算是看到了校門。她是招蚊子的體質，即便穿了長褲，還是被叮得滿腿包。喬裕找到她時，遠遠就看到她坐在操場的單槓上，腿一晃一晃地瞇著眼睛唱歌，隔著褲子使勁地抓癢。

喬裕開會時就看她坐立難安，所以會議結束後特地去買了止癢藥膏來找她，誰知她竟然跑到這裡來。

以前他就愛拿這件事逗她。

「喬裕，晚上一起去畫圖室畫圖吧。」

「好啊。」

「真的啊？你不怕我吵你啊？」

「妳去了，蚊子就不會叮我了。我就能安心畫圖了。」

喬裕走近，站在她面前，她忽然睜開眼睛，低頭看了看，「喬裕。」

「嗯？」

「退後點。」

喬裕聽話地退了一步。

「好了好了，就站在這裡。」紀思璿說完晃了晃腳，腳下的影子一下一下地踢在喬裕投在地上的影子上。

喬裕，這幾年我每次看到自己的影子就會想，什麼時候你能站在我觸手可及的地方，近到你的影子就在我的腳下，我一伸腳就能觸碰到。

她心裡分明酸澀難忍，臉上卻帶著俏皮無比的笑，低著頭，嘴角的弧度越彎越大，最後笑出聲來。

喬裕卻沒有笑，默默向她伸出一隻手，「下來吧。」

紀思璿一臉嫌棄地擺擺手，「讓開讓開，我自己能下去。」

說完微微用力，一躍而下，然後蹲在地上不起來。

喬裕立刻緊張地彎下腰拍拍她的背，「怎麼了？扭到腳了？」

她埋著頭半天沒出聲，忽然站起來，揚著下巴睨了他一眼，「喬裕，你怎麼還是那麼好騙啊？」

喬裕知道她只是在逞強，有些無奈：「好了好了，我知道妳沒受傷，去那邊坐一下吧。」

紀思璿還是擺出一副居高臨下的模樣指揮喬裕，「你走前面，不許回頭。」

喬裕才轉身，她的一張臉就皺成一團，揉著腳踝一步一步地挪過去。

紀思璿在臺階上坐下後，喬裕半蹲在她面前，捏著她的腳輕輕揉了幾下。

她掙扎了兩下，喬裕沉著聲音開口：「別動！」

紀思璿自知男女實力懸殊，主動放棄反抗。

喬裕揉了幾下之後，把她的褲管往上拉了拉，就看到她滿腿都是紅點，有的已經腫起來了，有的還被她抓到出血。

喬裕低著頭，一個包一個包地擦藥，「癢嗎？」紀思璿不掙扎，也不回答。

喬裕等了半天沒有回覆，抬頭看過去，紀思璿忽然轉頭看向一邊，狀似心不在焉地嗯了一聲。

癢，心癢。

喬裕忽然笑起來，輕叫了一聲：「紀思璿？」

他的尾音勾著笑意，聲線乾淨溫柔，像一根羽毛輕輕在她的心上搔，這好像是她回來之後，他第一次心平氣和地叫她的名字。

紀思璿越發不敢看他，脖子扭得都快抽筋了，盡力平穩地又嗯了一聲。

喬裕的聲音裡帶著明顯的笑意，「好了。」

紀思璿一臉莫名地看著還蹲在原地的喬裕，「那你怎麼還不起來？」

喬裕一臉隱忍，「腳麻了……」

後來兩個人並肩坐在操場的臺階上，誰都沒說話。止癢藥膏的味道在晚風中漸漸消散，取而代之的是他身上清洌的氣息。

過了很久，喬裕才打破沉寂，「妳沒有我的手機號碼？」

紀思璿想起昨晚那通電話就生氣，一副官方的口吻回答：「和客戶溝通是徐秉君和韋忻的差事，我不和客戶直接接觸，所以不存客戶的聯繫方式。」

喬裕轉頭問：「為什麼？」

紀思璿站起來，居高臨下地看了他一眼，「因為長得太好看，怕客戶忽略了工作，埋沒了我的才華。」

喬裕噗哧一聲笑了出來，看到紀思璿的臉色越來越難看才忍住笑意，「我是說，我的手機號碼沒換過，妳為什麼沒有？」

紀思璿還想再說什麼，手機竟然應景地響了起來，接起後嗯了一聲掛斷。掛了電話，她也懶得再和他爭辯什麼，轉身往回走，「吃飯了。」

喬裕走到鎮上的診所前，忽然停下來，讓她在門口等他一下。

他進去後很快出來，手裡拿了手掌大的布袋，遞給紀思璿。

紀思璿拿在手裡捏了一下，低頭嗅了嗅，然後皺著眉，一臉嫌棄地塞回去，「這是什麼味道啊？」

喬裕又塞給她，「艾葉和醋。艾葉有行氣活血、溫經通絡的功效，妳回去之後用微波爐熱一下，敷在腳上，腳就不會痛了。雖然妳現在不痛，但說不定明天早上就會腫起來。」

紀思璿活動了幾下腳，隱隱有點痛，她便老實地收起來，「你還懂這個？」

喬裕笑了笑，「溫少卿教的。」

「溫少卿？」紀思璿想了想，「他是學中醫的？」

喬裕邊走邊慢慢跟她解釋：「溫少卿家裡都是醫生，爺爺輩是中醫，到了他父親這一輩才開始涉及西醫，其實他從小接觸的就是中醫……」

兩個人遠遠地走過來，劉浩然擠眉弄眼地八卦，「噯，你們覺不覺得那兩個人……沒那麼簡單？」

「有有！璿皇是氣場那麼強的一個人，但是喬部長平時那麼溫和，現在站在她旁邊，一點都沒有被壓制的感覺。嘖嘖嘖，反而覺得兩個人氣場很合。」

「是啊是啊，你看喬部長，穿白襯衫真的好陽光好帥氣啊！」

「之前我一直以為白襯衫男神是韋爵爺，原來喬部長才是白襯衫殺手，我的少女心啊。」

韋忻不開心了，「喂喂喂，不要傷及無辜好嗎？」

「哈哈哈，不是那個意思，韋爵爺也很帥！」

「現在才誇我已經晚了！」

尹和暢站在一旁聽了半天，開始皺眉，抬頭看了看，卻又不得不承認，兩個人站在一起確實匹配。

吃飯時因為沒有那麼大的桌子，他們就分了好幾桌，分散坐在村長家的大院子裡。遵循女士優先的國際慣例，女士們都坐好了，男士們還在等著端菜。

戴小寒湊到紀思璿面前，「璿皇，妳們有沒有同學聚會什麼的，妳知不知道喬部長有沒有女朋友啊？」

戴小寒是徐秉君組裡的，難得工作狂的手底下還有喜歡八卦的人。紀思璿剛準備好好回答，但一抬頭就嚇了一跳。她這邊的人不了解狀況就算了，喬部長底下的幾個女孩子也是滿臉粉紅泡泡的模樣。

紀思璿咬了咬唇，「我不知道，怎麼了，妳們也不知道？」

幾個小女生一臉挫敗，「我們不敢問啊，就算問了，喬部長也是笑笑不說話。」

紀思璿喝了口水，輕描淡寫地分析，「態度這麼曖昧，多半是有了吧？這種男人身邊沒有女人圍繞才奇怪吧？」

這句話恰好被路過的尹和暢聽見，他皺緊眉頭，「妳別亂講，我們喬部長最潔身自愛了！」

紀思璿一臉戲謔，「潔身自愛？那就是有隱疾嘍？」

尹和暢的眉頭皺得更緊了，大概是礙於紀思璿是合作廠商不好說什麼，憋了半天才擠出兩個字：「亂講！」

紀思璿好笑地看著他，「你怎麼知道我亂講？你試過？」

「哈哈哈……」

「尹祕書，還是算了，妳不是璿皇的對手。」

「說真的，尹祕書，喬部長到底有沒有女朋友？」

尹和暢一張臉憋得通紅，「我不知道！」

「你是喬部長的祕書呀，喬部長的飲食起居都是你負責，你怎麼會不知道？」

紀思璿垂眸想了想，忽然對爐子旁的某個人開口：「喂，喬部長，我們這邊的小女生想知道你有沒有女朋友。」

喬裕正從鎮長手裡接過盤子，純樸老實的鎮長聽了手一抖，差點把盤子扔了。喬裕眼明手快地接過來，然後端著盤子走來，最後停在紀思璿身邊，彎腰把盤子放在桌子中央，開口回答：「有女朋友。」

桌子有些矮，他因為放盤子所以彎著腰，又因為站在她旁邊，一時間兩人靠得很近，就好像是趴在她耳邊說話一樣，頗有耳鬢廝磨的意味，她甚至可以感覺到他吐出的氣息。

只是耳鬢廝磨說的是情話，此刻他短短的幾個字卻是把尖刀。紀思璿渾身一僵，捏著杯子的手猛地收緊，半晌後舉到嘴邊喝了一口，涼徹心扉。

耳邊都是驚呼聲，周圍好像又有幾個人圍過來人，八卦著這個消息，可紀思璿卻漸漸聽不到了，她覺得自己像個傻子，幾年前是，現在更是。

喬裕似乎還想再說什麼，紀思璿卻忽然站起來，看都沒看他一眼，走開了。

喬裕想說的話，一直到晚飯結束都沒有找到機會說出口。

回程時，天已經完全黑了，坐在車裡的每個人都是一副筋疲力盡的模樣。紀思璿窩在遊覽車最後一排的角落裡補眠，車外不斷有燈光照進來，她坐起來從包包裡翻出眼罩，戴上後再繼續睡。

斜後方窸窸窣窣的聲音結束，喬裕彎著唇角無聲地笑了一下，她還是那個樣子，睡不醒的時候脾氣壞得出奇，誰的面子都不給。

念書的時候，喬裕偶爾會被她硬拉著陪她上課，教室裡那麼多人，她堂而皇之地大聲斥責：「後面聊天的同學能不能小聲點，不要影響前面同學睡覺。」轉過頭才發現講臺上的老師目瞪口呆地看著她，她才硬生生地重新說，「不要影響……老師上課。」

恰好那個老師認識他。看看他，又看看她，想說什麼，又似乎不知道該說什麼，臉色極其精彩。他們兩個其實是兩種類型的人，他走的是中規中矩的路線，她執行的是劍走偏鋒的方針，他上課從來都是認真聽課的學生，而她一直都在睡覺，有自己的想法，從她手裡出來的作品有靈氣，直擊人心，就像她的人。

不知道誰的手機鈴聲響起，很快有人接起來，聲音不大，卻拖拖拉拉地不肯掛斷。紀思璿不安分地動了幾次，大概真的是忍到極限了，磨著牙陰森森地開口：「電話掛或者你掛，自己選一個。」

進公司久了，他們都知道璿皇的手段作風，講電話的人立刻噤聲掛了電話。才安靜沒多久，手機還在不斷震動，喬裕皺著眉按掉，回了簡訊，讓來電的人稍後再打過來。打完簡訊後按了返回鍵，收件箱裡只有寥寥幾封簡訊。他並不喜歡和人傳簡訊，總覺得冷冰冰的文字很無趣，多半都是別人傳給他，他懶得回。往下翻了幾封，看到一個聯絡人，點開，長長的聊天紀錄靜靜地躺在那裡。

身後的呼吸聲均勻綿長，大概是這幾天累壞了，但喬裕卻睡不著。

這些年他換過手機，每次換手機，這些紀錄他都要備份到新的手機裡。他一直覺得文字冰冷無趣，然而，這個人傳來的簡訊卻讓他感到溫暖有趣，從最初她的調戲到後來她的撒嬌無賴，再到後來，她傳給他的最後一封簡訊。

『喬學長，四年時光，打擾了，再見。』

時間停在幾年前，她出國求學的那一天，他當時坐在離她不遠的機場監控室裡，沒有回覆，一句「打擾了」，滿是對陌生人的禮貌疏離，也許連回到最初陌生人的關係，對他來說都是奢望。他知道她並不是在跟自己道別，她是在跟曾經的歲月道別，從此以後，海闊天空，紀思璿的世界裡再也沒有喬裕。

行駛中的車突然剎車，紀思璿猛然驚醒，下一秒便坐起來摘下眼罩，「喬裕」兩個字就那麼自然地脫口而出。

幾秒鐘後，她抬手捂住半張臉，縮回角落。

那一刻，紀思璿心中有種宿命的荒涼，極其無奈地歎了口氣。

自己是怎麼了？是今天遇到了故人，舊事想得太多？還是被喬裕的一句「有女朋友」刺激到了？

其實剛才有些混亂，她的聲音輕，又坐在角落裡，應該沒有人聽到。

那是一種本能，想要找那個人的本能，喬裕深有體會。

車子重新上路，喬裕在一片昏暗裡也坐到最後一排，無聲無息地把紀思璿攬到懷裡。

紀思璿掙扎了幾下，不知道是在惱他還是在惱自己，壓低聲音，咬牙切齒地問：「你幹嘛？可憐我嗎？你這樣對我，你女朋友知道嗎？」

喬裕握著她的手不放，「我不記得我們談過分手的事情，我沒說過，妳也沒說過，所以我們從來沒分手，妳就是我的女朋友。」

紀思璿一臉冷笑，「這種事難道非要那麼清楚地說出來嗎？」

喬裕眼底滿是認真，「這種事難道不應該清楚地說出來嗎？」

紀思璿被堵得說不出一句話，昏暗中，兩人對視半晌，互不相讓。

紀思璿挫敗地垂下眼睛，歎了口氣輕聲開口：「喬裕，你知道自己在說什麼嗎？」

喬裕不忍，攬過她硬生生地壓在胸前。

紀思璿惱羞成怒，低低的聲音裡帶著壓不住的暴躁，「喬裕！」

喬裕在她頭頂輕聲開口，帶著安撫和誘哄，「噓，乖，快睡。」

她一拳打在他胸口，用盡了全力，眼睛酸澀難忍，「放手！」

喬裕悶哼一聲，握著她的手抵在胸口，那種真實的疼痛讓他安心，讓他知道這一切是真的，有生之年，他還可以攬她入懷。

紀思璿還想再掙扎，但下一秒就僵住了。他的下巴輕輕摩挲著她的頭髮，聲音裡帶著虛幻的蒼白無力，「妳就當作是可憐我。」

手腕處，他的指腹溫熱，手下，他的心跳如雷，一下一下撞擊著她的掌心。他的語氣裡帶著誘哄，帶著難以察覺的低聲下氣，帶著輕微的……顫抖。

她終於安靜下來，乖乖窩在他的懷裡。

他知道那種猛然驚醒後想要找那個人，卻怎麼找都找不到的絕望，在夢境與現實的拉鋸中，理智漸漸占據上風時，那種空虛和絕望洶湧而至，讓人不知所措，只想縮回自己的世界靜靜舔舐傷口。周而復始，永不磨滅，他嘗過那種痛，所以不捨得留她一個人。

喬裕收緊了手臂，輕拍著她的後背，她終於乖乖地待在他懷裡了，那種滿足是從來沒有過的，只是……這路程太短。

他不知道她有沒有睡著，在快進城的時候，她忽然坐起來，低著頭整理頭髮，聲音也恢復了平靜，「快到了，你坐回去吧。」

直到下車紀思璿都是快快不樂的樣子，別人都只當她是累了，並沒多問。

喬裕回去換衣服時才無意間發覺胸前有一塊水漬，摸上去有些潮濕，他不記得什麼時候沾到了水，抑或是……

這個位置恰好是剛才紀思璿趴過的位置，所以她……哭了？

◇

紀思璿的悲傷並沒有持續多久，回到家推開家門時，她才察覺到不對勁。

家裡沒人？

她打開燈，只看到大喵蹲在玄關處，守著旁邊的一個旅行包，包包上還放著一張折好的紙。

紀思璿有種不祥的預感，這種感覺太熟悉了！就像她某天放學回來，發現紀氏夫婦又不見了一樣！她和大喵對視了一會兒，一人一貓從對方眼裡都看到了熟悉的嫌棄和無奈。紀思璿歎口氣，彎腰捏起那張紙，寥寥幾個字：

『我們去找尋靈感，照顧好大喵，牠要用的東西都在包包裡。』

紀思璿又看了眼大喵，一個不願照顧，一個不願被照顧，相看兩相厭的一人一貓在玄關處僵持不下。

紀思璿不死心，拿出手機打給父母，兩人都關機，最後哀號一聲衝到沙發上裝死。

大喵依舊冷豔高貴地蹲坐在原地，淡定地喵了一聲。

第二天，紀思璿臨出門前看了眼在陽臺上曬太陽的大喵，狠了狠心踩上高跟鞋出了門。

但沒走幾步又折回來，極不情願卻又不忍心地說：「大喵，來，我帶你去上班。」

因為專案還沒有正式啟動，所以喬裕把他辦公室所在的那一層樓所有房間都清空，安排紀思璿一行人在這裡辦公。

當紀思璿從電梯裡出來，一顆貓頭從包包裡探出來時，立刻引起了注意。她目不斜視地走過，推開會議室的門才轉身，勾了勾手指，「進來開會。」

眾人坐好之後，韋忻指著紀思璿的包包，「我說，璿皇，您這是……」

紀思璿把大喵從包包裡撈出來，放在桌子上，「來，叫叔叔。」

韋忻立刻擺手，「別這麼客氣，叫哥哥就行了，把我都叫老了。」

紀思璿一臉莫名，「我是讓你叫牠叔叔，照牠的歲數，換算成人大概四十多歲了。」

韋忻看看大喵，又看看紀思璿，「妳讓我叫這個包子臉叔叔？」

紀思璿見不得別人欺負她的人和她的貓，「牠不是包子臉，就是毛長得比較快又比較蓬鬆而已。正式介紹一下，這是我的貓，中文名紀小花，英文名大喵．壓脈帶。」

「……」

眾人無語，這名字……我們怎麼好意思叫出口。

紀思璿站在會議桌前，環顧了一圈，挑著眉問：「你們有意見？」

眾人紛紛開始打哈哈，「沒有沒有，哈哈，好巧啊，這貓也姓紀。」

「我的貓當然跟我姓。」紀思璿把大喵塞回包包裡，「大喵，跟侄子侄女們打個招呼，我們走了。」

韋忻看著紀思璿昂首挺胸地走出會議室，揪住旁邊的徐秉君，「病菌！璿皇帶貓上班你都不管？」

徐秉君坐得穩如泰山，「帶不帶貓我不在意，我只知道璿皇比你敬業得多，昨晚已經把她那部分做出來了。請問韋工，你的那部分呢？」說完抬起頭看著韋忻。

一群人最愛看三個組長互鬥，一雙雙眼睛都亮晶晶的。

韋忻看了看眾人，拉著徐秉君往外走，邊走還邊壓低聲音，「那麼多人在看，能不能給我一點面子？」

快到中午的時候，紀思璿才發覺不對勁，喬裕整個上午都沒有出現，連那個明明長了一張娃娃臉卻故作深沉的祕書都不見蹤影。

昨天在車裡……然後他就不敢出現了？

第五章　沒有妳的那六年

「今年是第六年，發生了一件很好的事情，」

喬裕微笑著看著前方，「妳回來了。」

喬裕搭的是今天一早的飛機，和尹和暢下了飛機便直奔飯店。尹和暢辦好入住手續，一轉身就看到一輛車停在飯店門口，一位溫婉美女從車上下來，笑著朝喬裕走去，「來了怎麼也不說一聲？」

喬裕抬起頭，笑了一下，「沒告訴妳，妳還不是知道了嗎？」

薄季詩一愣，繼而笑起來，「這可是我的地盤，你是在質疑我薄家的能力嗎？」

喬裕笑得溫和，「不是這個意思，只是今天累了，打算明天再去拜訪的。既然妳先來了，就一起吃飯吧。」

尹和暢作為一枚電燈泡，看著基本上沒有交流、安靜吃飯的喬裕和薄季詩，味同嚼蠟。飯吃到一半，薄季詩接到一通電話，回來就說要先走。

薄季詩等了一下，喬裕依舊是滿臉微笑地目送她，並沒有要送她的意思。她頓了一下，很快離開，走到飯店門口又回頭看了一眼才離去。

尹和暢小聲提醒喬裕：「喬部長不送一下薄小姐嗎？」

喬裕頭都沒抬，繼續吃飯，「我和她沒有那種緣分，別無端誤了人家。」

尹和暢猛地抬頭看喬裕，他明明還是那副溫和的模樣，嘴角那抹淺笑的弧度都沒有變，他怎麼忽然覺得有點冷呢？

喬裕察覺到他的詫異，喝了口水，咽下嘴裡的食物才緩緩開口：「從飛機落地到現在不過兩個小時，她就能知道她的地盤上來了誰，走了誰。你說，這樣的女人喬市長會喜歡嗎？」

尹和暢撇撇嘴，像璿皇那麼高調的人，喬市長大概也不會喜歡。

尹和暢跟在喬裕身邊幾年了，他看著喬裕越加意氣風發，也越加深沉，難以捉摸。而這一切在紀思璿出現之後變得更詭異了，他憑著直覺，察覺到兩人之間絕不是所謂的學長學妹那麼簡單。

喬裕待過兩年這個地方，這次故地重遊，主要是和度假村專案的投資方做最後的洽談，當時找的投資方恰好是薄家。

薄家在南邊算是大家族，頂著紅頂商人的身分盤踞在沿海一帶，人脈之廣，涉獵領域之全，頗有占地為王的意味。

本是公事，可薄家的當家薄震既沒約在工作時間也沒約在公司，而是約喬裕在第二天晚上去薄家吃晚飯。

喬裕也坦然接受，第二天準備了禮物準時赴約。

下了車就看到薄仲陽站在幾步之外等他，幾年不見，這個男人倒是越加挺拔。薄仲陽笑著過來打招呼，叫了一聲：「二哥。」

喬家和薄家在喬裕小的時候是住在一起的，後來薄家舉家南遷，便斷了聯繫，直到後來薄仲陽去北方小試身手，他們才又有了聯繫，便重拾了小時候的稱呼——「國民二哥」喬裕當之無愧。

喬裕無奈，「我就比你大了那麼幾天而已，不用叫二哥。」

薄仲陽笑了笑，和喬裕慢慢走進去，「大一天也是大。季詩在廚房幫忙準備飯菜，知道你要來，在廚房忙了一個下午。」

喬裕聽了不禁覺得有些好笑，「當年你追我妹妹不成，如今又非要把你妹妹跟我扯到一起，難道說，你就那麼想和我做一家人嗎？」

薄仲陽一臉無奈的苦笑，壓低聲音囑咐：「千萬別再提這件事了，我老婆不知道怎麼知道了這件事，揪著我的小辮子不放，這段時間好不容易忘了，千萬別提醒她。」

喬裕看了薄仲陽一眼，微微笑了一下，點了點頭。

其實，薄仲陽和薄季詩並沒有他們口中的兄妹情誼，反而是眾人皆知的不和。

薄家幫男孩子取名字時以「伯仲叔季」來表示長幼有序，只有得薄震歡心的孩子才會用這四個字，而這個「季」字，竟破例給了身為女孩的薄季詩，可見薄季詩並不簡單。這幾年，兄妹倆的明爭暗鬥並不是什麼新聞，喬裕一旦和薄季詩在一起，薄季詩憑藉喬家準兒媳婦的身分，便可以揚眉吐氣一把。薄仲陽這樣的人，又怎麼會眼睜睜地看著對他不利的事情發生？他一反常態地積極撮合，反而更讓人起疑。

薄仲陽帶喬裕直接去了書房。

喬裕把禮物遞過去，「薄董。」

薄震立刻接過來，笑著開口：「都是自家人，又是在家裡，像小時候一樣叫我薄叔叔就好。」

喬裕笑了笑，並不反駁，卻也不再開口。

薄仲陽看看薄震，又看看喬裕，嘴角彎起一道極微妙的弧度。

很快地傳來敲門聲，薄季詩推門進來，詢問般地看看薄震和喬裕，「飯已經好了，邊吃邊聊吧？」

薄震從桌後站起來，如長輩般親切地攬著喬裕的肩往外走，「那就邊吃邊聊。」

飯桌上，喬裕也沒有主動提起來意，只是閒話家常。

飯後，薄夫人指揮薄季詩把水果端出來，薄震又招呼喬裕吃水果。

喬裕也不急不躁，又極配合地開始吃水果，氣定神閒地和薄家人從國際形勢談到國內經濟，從南北差異聊到陳年舊事。

薄震仔細觀察了一會兒喬裕，發現喬裕不多話，眉宇間的沉靜越發明顯，始終都溫和地笑著，聽別人說話時會看著對方的眼睛，偶爾開口說出的話卻正中靶心。

就像當初這個年輕人帶著專案來找他，他原本並不打算投資。不久前，薄仲陽去北方闖蕩，結果並沒有他想像的好，他是商人，看重利益是天性，而他又不是普通的商人，星星點點的利益他也不在意。

然而，喬裕簡簡單單的一句話，就讓他轉變了心意。

喬裕當時坐在他對面，隔著長長的會議桌，安靜地聽著他的推辭。喬裕的身後是喬家和樂家，雖說離得遠，但兩家的人脈關係盤根錯節，牽一髮而動全身，即便是在他自己的地盤上，也不得不拒絕得委婉一些。

喬裕似乎對他的拒絕並不吃驚，安靜地聽完之後緩緩開口：「《老子》說，將欲歙之，必固張之；將欲弱之，必固強之；將欲廢之，必固興之；將欲奪之，必固與之。春秋末期，各種新興勢力不斷壯大，在晉國，形成了以韓氏、趙氏、魏氏、智氏、范氏、中行氏為首的大族，史稱『六卿』。范氏、中行氏被兼併後，智伯就向魏宣子提出領地要求，魏宣子當即拒絕。魏宣子的謀士任章卻獻計說：『請不要正面拒絕智伯，不妨滿足他的要求，他嘗到了甜頭，一定會驕傲得意，更加貪得無厭，四處伸手，到那時，其他大夫必然會不滿，從而促使各家聯合起來，收拾孤立又驕傲輕敵的智伯，他的性命還能保住嗎？』魏宣王聽從任章的妙計，劃出一些土地給智伯。後來，智伯果然被趙、魏、韓三家所厭棄，魏宣子不但收復失地，還分得了更多的土地。薄董難道真的以為紅頂商人的帽子可以戴得長久？薄董以為薄家這些年風生水起是因為什麼？薄家當年從北方舉家南遷，就沒想過回去？薄仲陽幾次三番去北方試水溫難道真的只是巧合？這個專案並不是無利可圖，只是要看薄董看重的是什麼

『利』。」

薄震從往事中回過神來，喝了口茶，開口說：「時間不早了，我和喬裕還有事要談，去書房吧？」

喬裕點點頭，很快起身，跟著薄震去了書房。

薄震開門見山地拿出合約，「合約早就準備好了，我已經簽了字，集團會儘快確定人選過去配合你。」

喬裕接過來看了幾眼，笑著抬起頭，「那就謝謝薄董了，希望我們合作愉快。」

喬裕從薄家離開後，薄季詩敲開了書房的門。

「爸爸，我想負責這個專案。」

薄震看著窗外，喬裕的車燈在黑暗中閃了閃，很快地消失不見，他才開口：「妳哥哥也說了一樣的話。」

薄季詩頓了一頓，昂起頭看著薄震，目光堅定，「我會從他手裡贏下來。」

薄震並沒有發表什麼意見，依舊背對著她，「有才而性緩，定屬大才；有智而氣和，斯為大智。若是有了喬裕的支援，妳哪需要這麼辛苦？」

薄季詩沒接話，只是低下頭笑了一笑。

喬裕行事受到喬家和樂家的雙重影響，溫和有禮，鋒芒俱斂，不顯山不露水，可那並不代表別人就能為所欲為、予取予求，這種人恰恰最該小心。不是懦弱，不是忍讓，而是一種安靜的強大。

薄季詩還記得喬裕剛調任到這裡時，他根基未穩，提了議案之後，幾個所謂的南方元老絲毫不見氣質風度地吼，一點也不支持，「這是在南方，不是在你們北方！」

後來結果到底如何，她早已不記得了，只記得喬裕眉目沉靜地坐在那裡，不見慌亂不見尷尬，微微抬眸掃了一圈。她站在薄震身後，只那一眼，她便知道，什麼是氣場。

果然，幾個月後，再也沒有人敢在喬裕面前大聲說一個字，那些倚老賣老的元老們被他輕鬆愉快收拾得服服貼貼。

他那樣一個男人，不需要多麼雅人深致，不需要多麼口若懸河，單單坐在那裡就已經擲地有聲。這樣一個男人，怎麼會看不明白薄震的用意？她在這個時候順勢而上，豈不是會被他看輕？

薄季詩剛從書房出來，便看到靠在樓梯口的薄仲陽。

薄仲陽一臉似笑非笑，「四小姐，命中貴人出現，可要好好把握機會啊。」

薄季詩一臉溫婉地看著他，「時間不早了，二哥早點休息吧。」

兄妹倆擦肩而過時，臉上的笑容忽然散去，留下一臉清冷。

第二天，尹和暢準備去叫喬裕前往機場的時候，接到了喬裕的電話。

『我去買點東西，你不用等我了，我們在機場會合。』

尹和暢一頭霧水地掛了電話，覺得喬裕最近的行為一直在偏離軌道，不知道為什麼，他在第一時間把原因歸咎到紀思璿的身上。

尹和暢和喬裕坐在候機廳裡等待登機時，他看了看旁邊正專心看文件的喬裕，欲言又止，終算鼓起勇氣準備開口時，卻被打斷了。

一個穿著飛機機長制服的男人穿過偌大的候機廳，在萬眾矚目下走到喬裕的面前停住，坐下。

或許是受到制服誘惑，或許是那人本就出色，周圍幾個年輕的女孩滿臉興奮地討論著。

喬裕收起手裡的文件，笑著開口：「你怎麼在這裡？」

沈南悠踢了踢地上的黑色行李箱，「我過來培訓啊，和你同一班飛機回去，在旅客名單裡看到你的名字，就過來打個招呼。」

喬裕看著他，「就這樣？」

沈南悠忽然笑了，忍了半天才藏起笑容一本正經地開口：「念在多年兄弟，提醒你一句，三少爺來襲。」

喬裕聽到這個名字，皺了皺眉，接著和沈南悠心照不宣地相視而笑。

喬裕在飛機上還沒坐穩，就有個香豔的女子長裙飄飄地坐到他身邊，空氣中瀰漫著香甜的氣息。女子坐下後倒頭就睡，飛機還沒起飛，她的頭已經靠到喬裕的肩膀上了。

喬裕禮貌地把她的腦袋扶回座椅的頭枕上，但沒過多久，她又靠了回來，重複幾次後，更是變本加厲得只差沒滾到喬裕的懷裡去了。

喬裕看了一眼一直在旁邊看熱鬧的沈南悠，很無奈地微微拔高聲音：「陳三兒，你玩夠了沒有？」

很快地，隔兩排的位子上探出一顆腦袋：「你怎麼知道是我？」說完打了個手勢，身邊裝睡的時尚女孩就起身去別處坐，換陳慕白湊到喬裕旁邊坐下。

喬裕有些無奈地看他一眼。

陳家祖宗據說是古老的皇家國戚，雖說已經這麼多年了，但他身上倒是難掩一股貴族的雍容華貴，當然，紈褲子弟的那種慵懶他也無法逃掉。

陳慕白盯著喬裕看了半天才開口：「二哥，本來他們說你不近女色我還不信，現在我倒真有幾分懷疑，你是不是……斷袖之癖？」

喬裕有些自嘲地哼了一聲後開始閉目養神。

陳慕白見喬裕不搭理，他也不在意，摸著下巴自顧自地開口：「當時是陳家先對不起你妹妹，後來陳家出事的時候你那麼仗義辭嚴，我總覺得對不起你。你知道我不喜歡欠人情，我想了想，錢和權你都不缺，就缺一個美嬌娘了。可能這些年你太忙了，要不要我給你介紹幾個……」

喬裕對陳慕白的囉唆忍無可忍，轉頭看他一眼，「慕少，你不覺得你缺了一顆媒婆痣嗎？」

陳慕白嘴角抽了抽，轉身去扯沈南悠的衣袖，「他這是怎麼了？以前的喬裕是多溫和、多人畜無害啊！我怎麼忽然覺得有些冷颼颼的啊？是大姨夫來了嗎？還是說南邊太複雜，把我親愛的二哥帶壞了？」

沈南悠看了看喬裕的臉，又對一臉興致高昂的陳慕白笑。他知道喬裕不是不近女色，大概是心裡有人了，偏偏陳慕白還不要命地去戳他的痛處。

他還清楚地記得幾年前，喬裕特意來找他，在機場的監控室裡，一臉痛苦不捨地送一個女孩子上飛機。這個男人眼底的捨不得誰都看得出來，但他詢問要不要攔下來時，卻被喬裕拒絕了。

他從來沒在這個溫和儒雅的男人臉上看過那種表情。

他坐在沙發上，眼睛眨也不眨地盯著螢幕上的那道身影，沉默良久，後來甚至不自覺地點了根菸。

自己無意阻止，但喬裕還是轉過頭來解釋，開口時聲音嘶啞：「我知道這裡不能抽菸，我只抽一根，抽完就走。」

說完繼續盯著螢幕，直到飛機衝入天際時，他手中只剩下菸蒂了。那根菸從頭燃到尾，他卻沒有抽一口，沈南悠眼睜睜地看著火星離他的指尖越來越近。或許是指間的疼痛讓他回神，喬裕很快起身，神色也恢復正常，對他說：「謝謝你，我走了。」

說完，又看了眼早已沒有那道窈窕身影的監控螢幕，果決地轉身離開。

那段時間喬燁剛出事，是喬裕最難熬的時候。那時，他進入政壇已有一陣子，早就學會喜怒不形於色，再難熬也看不到他露出那種神色。只有那一次，他破了功，帶著無奈，帶著不捨，帶著無能為力的虛脫和絕望。

沈南悠在機場待久了，見多了離別，如果一個人在送別時會露出那種表情，又怎麼會輕易忘記？

◇

喬裕出差回來的第二天恰好是週末，他把一份文件忘在了辦公室便回去拿。辦公大樓裡空蕩蕩的，他在走廊上和一隻大搖大擺走過的貓擦肩而過。他愣了一下，轉頭看了一眼，看到那隻大臉貓停在電梯前。

喬裕看了看四周，不知道這隻貓是從哪裡來的，他笑著搖搖頭，繼續往前走。

然而，他從辦公室拿了文件出來，發現那隻貓竟然還蹲在電梯前。

他走過去按了按鈕等電梯上來，那隻貓便和他一起等。電梯門很快打開，他走進去之後，那隻貓蹲在電梯門口看著他。

喬裕攔住就要關上的電梯門，問：「你要進來嗎？」

那隻貓迅速起身，一臉傲嬌地邁著貓步，不急不緩地進了電梯。

電梯門慢慢闔上，喬裕和牠對視，試探著問了一句：「你……要去幾樓？」

那隻貓看著電梯口的幾排數字一臉惆悵，喬裕無奈，便按了一樓。

到了一樓，喬裕走出電梯，那隻貓也跟著出來，然後一直跟著喬裕到車邊。

喬裕轉頭看看牠，實在不知道這隻貓是誰的，從哪裡來，又為什麼要一直跟著他。他就這麼把牠帶下來，要是主人找不到牠該怎麼辦？

沒辦法，喬裕又帶著貓搭電梯回到辦公室樓層，索性也不回家了，就在辦公室裡加班。

紀思璿的工作告一段落之後，她才發現之前一直在窗臺上曬太陽的大喵不見了。找了一圈根本沒有大喵的蹤影，卻發現喬裕辦公室的門是虛掩著的。

她推門進去時，喬裕正坐在窗邊的桌子後看文件，偶爾抬眸看一眼電腦，手邊簡簡單單地放了一枝筆、一杯水。

窗外的陽光照進來，大喵縮在喬裕手邊的桌上曬著太陽假寐，忽然睜開眼睛，躍躍欲試地想要撈桌角魚缸裡的魚。喬裕連視線都沒抬，卻忽然彎了嘴角，抬手安撫性地順了順牠的毛，大喵立刻乖乖躺回去，一臉受用地閉上眼睛。

窗外陽光大好，屋內一室靜謐，似乎一切都很熟悉，似乎一切就該是這個樣子，似乎這個場景早已發生過無數遍，似乎一切都很好，但紀思璿的眼睛卻隱隱有些酸疼。

喬裕很快就發現紀思璿，抬頭看向她時，紀思璿反應極快地閉了閉眼睛，指著那隻早就改旗易幟，根本不知道自己主人是誰的大喵，「牠，我的。」

逆著光的男人光芒萬丈，金色的陽光淺淺淡淡地勾勒著他的輪廓，深邃狹長的眼睛裡彌漫著笑意，紀思璿在自己的心跳聲中聽到他聲音裡的驚喜。

「牠是紀小花？」

紀思璿偏了偏頭，終於看清他的臉，原來他還記得。

喬裕之前見過紀小花。

那年，紀氏夫婦又去找尋靈感，紀思璿被迫擔任照顧大喵的工作，但學校不准養寵物，她只能每隔一天便回家一次，有幾次是喬裕送她回來的。

紀思璿一直想帶喬裕回家，可是喬裕骨子裡還是很傳統的，女方父母又不在，怎樣都不願上樓。

不過，她軟硬兼施的次數多了，他就動搖了，只去過那麼一次，見過那麼一次，只不過當時的紀小花真的還是朵「小花」，和如今的包子臉「判若兩貓」，所以他才沒有認出來。不知道是不是因為大喵認出他來，所以才一直跟著他。

剛才一人一貓的場景，紀思璿曾經幻想過無數次，等他們結婚了，就把大喵接到自己家裡。她覺得世界上最美好的事就是他們各忙各的，互不干擾，但她一抬眼就可以看見他，和曬太陽的大喵，再加一點他眉宇間的溫柔。

只是沒想到這樣的場景真的出現在她的眼前，卻是在這麼多年之後。

惆悵的紀思璿忽然想起了什麼，眼底漸漸積聚起冷漠和自嘲。不過短短幾秒鐘的時間，喬裕便看了一場變臉表演，他有些不解，小心翼翼地問：「今天怎麼會來加班？」

紀思璿又恢復冷豔高貴的模樣，「怎麼，我加不加班還需要向喬部長報告嗎？合約裡有寫這一條嗎？」

喬裕皺眉，「現在不是上班時間，不用叫我部長。」

紀思璿的嘴角彎得恰到好處，但眼底的陰鬱依舊那麼明顯，不慍不火地開口：「那請問喬公子，還有事嗎？」

喬裕始終不明白紀思璿忽然翻臉是因為什麼，思前想後也只能想到一個原因，「妳……

生理期？」

紀思璿的嘴角立即抽了抽，神情複雜地瞪了喬裕一眼。

喬裕便知道自己猜錯了，很理智地開始轉移話題：「我前幾天出差……」

紀思璿忽然開口打斷，看也不看喬裕一眼，連語氣都冷了幾分，「喬部長出差這種事，不用告訴我。」

喬裕恍然大悟，「妳是……因為我出差沒告訴妳，所以在生氣？」

紀思璿一愣，把頭扭到一邊，生硬地回答：「你想太多了。」

喬裕明顯看到她臉上的不自然，笑了笑沒繼續追問，從桌邊的抽屜裡拿出一個小瓶子，走到紀思璿面前遞給她。

紀思璿接過來看。白色的藥膏，極簡單的說明，專治蚊蟲叮咬的。

喬裕繼續剛才被打斷的內容：「前幾天去南方出差，蚊蟲比北方猖獗，這種治蚊蟲叮咬的藥特別有效，就帶了一瓶給妳。以後被蚊子叮了別使勁抓，留了疤就不能穿漂亮裙子了。」

她呼吸一滯，好熟悉的一句話。當年她欲擒故縱，是故意說給他聽，想讓他心疼的，如今由他說出來，疼的竟然是她自己的心。

紀思璿咬了咬牙，再開口時笑得眉眼彎彎，卻把手裡的瓶子又塞了回去，「喬學長可真有心。」

喬裕看著紀思璿，良久之後低下頭，滿是無奈地歎了口氣。

他一直都知道，紀思璿向來是最難哄的。

紀思璿的心卻因為他的一聲歎息忽然軟了下來，一抬眼就能看到他眼底的一片青灰，又低下頭皺著眉糾結了半天，忽然從喬裕手裡搶過藥膏，僵硬著聲音道：「謝謝了。」

喬裕看了她一眼，「時間不早了，去吃飯吧。」

紀思璿本來就是帶著大喵來這裡的餐廳蹭飯的，聽到他這麼說，便轉身往外走。

兩個人重逢後第一次坐在同張桌子上吃飯，紀思璿心情不好，低著頭不說話，喬裕卻難得的話多。

「週末我有時候會來加班，加班的福利是可以點菜。我會點兩菜一湯，一葷一素，夏天點冬瓜荷葉湯，冬天點山藥排骨湯。」

他們坐下後，很快就有廚師過來問：「喬部長又加班啊？今天想吃什麼？」

喬裕也沒問紀思璿的意見，直接開口：「就照平時的來，再多加一份米飯。」菜上得很快，喬裕拿起桌上多出來的筷子幫紀思璿夾菜，「這是我平常常吃的，妳也嘗嘗看。」

紀思璿沒說話，兩個人安安靜靜地吃完一頓飯。

從餐廳出來，紀思璿要回辦公室，卻被他拉著往外走。

「這裡有條小路可以通到我住的地方，不開車的時候我會走這條路。我現在住的地方是宿舍，妳走的那一年我調任到西南，回來之後便搬到這裡。」

紀思璿一臉嫌棄地停下腳步，說：「我真的沒興趣知道喬部長的生活，請問我可以回去了嗎？」

喬裕並不理會她說什麼，抱著手裡的大喵繼續往前走，「等一下會路過人工湖，去看看吧。」

紀思璿索性不走了，「我不去！把貓還給我！」

喬裕轉頭看了她一眼，笑了笑，「還是去看看吧。」

說完也不等她同意，繼續往前走。

紀思璿爆炸了，「喬裕！」

這次他頭也沒回，「馬上就到了，累了的話再撐一下下，湖邊有長椅，我們可以在那裡休息。」

眼看著他就要走遠，紀思璿歎了口氣，小跑步跟上去。

後來兩個人坐在湖邊的長椅上，長椅旁的柳樹枝長長地垂下來，大喵窩在紀思璿的懷裡不安分地去搆柳葉玩。紀思璿自知反對無效，以一種非暴力、不配合的態度，冷著一張臉安安靜靜地聽著。

「我每天早上會繞著湖跑幾圈。」喬裕的聲音在微風中緩緩響起，「那間早餐店的粥很不錯，是他們的招牌，有機會可以嘗嘗看。但我也不是每天都去吃，前一天晚上加班或者應酬晚了，第二天早上就會起不來，來不及了就去餐廳吃。」

紀思璿抬頭看，果然有間店，店鋪門口有個大大的招牌，上面直接明瞭地寫著「早餐」兩個字。

喬裕指了指離湖最近的一棟大樓，「我住那棟大樓，要不要上去坐坐？」

紀思璿抬眼看他，他從剛才開始就不對勁，從頭到尾把他的生活交代了一遍。她終於問出一直想問的問題：「你在幹什麼？」

喬裕神色鄭重而認真，「我就是想跟妳說一下，這些年我每天是怎麼過的。」

紀思璿冷哼：「沒興趣知道，請問我可以回去了嗎？」

喬裕沒帶她原路返回，而是走了另外一條路，「早上我通常會開車上班，走的是這一條路。有時候尹和暢會開車來接我，有時候我自己開車過去，那輛車……」

喬裕說到這裡忽然頓住，轉頭看了紀思璿一眼才繼續開口：「那輛車是妳走後的第二年買的，那個時候我剛從西南調回來，有天路過車行看到了，不知怎麼的就想買下來，選的是妳喜歡的顏色。」

紀思璿低頭沉默。是，當時他們曾經討論過，喬裕是喜歡黑色的，但她喜歡白色。那天晚上天很黑，她還是看得出來那輛車是白色的。

「妳走後的第三年，那一年發生了好多事，我妹妹出了點事。」喬裕輕描淡寫地說著，眼底的墨色卻越來越濃，「後來事情解決得不是很好，她要去國外讀書。那天我去機場送她，她抱著我哭得一塌糊塗，我看著她就想到妳。我知道她不想走，當時她男朋友就在旁邊看著他。我就像看到了我自己，想留，卻不敢留。其實妳走的那天，我也有去送妳，妳不知道吧？」

紀思璿唯有沉默。

「那年春天，我調任南方，年底又調回來。蕭子淵和隨憶結婚也是在那一年，我以為妳會回來，但直到婚禮結束，妳都沒有出現。妳走後的第四年，妳的消息漸漸多了起來。同學會的時候，有還在建築界的同學說起妳，做了某某教授的關門弟子，在各大事務所實習，在國外還拿了新人獎，網路上也看得到妳的作品。很巧，我也是在那一年又晉升了一級。那一年隨憶懷孕，雲醒出生，我也以為妳會回來，但還是沒有。妳走後的第五年，我哥哥因為身體不好，把工作漸漸轉交到我手裡，很忙，忙到連吃飯的時間都沒有。壓力也大，學會了抽菸，是蕭子淵教的。因為應酬和飲食不規律，住了兩次院，從那之後就不敢再大意，開始戒菸，按時吃飯，鍛煉身體。」

「今年是第六年，發生了一件很好的事情，」喬裕微笑著看著前方，「妳回來了。」

「妳呢？」喬裕轉過頭看著她，側臉的線條柔和，眼角眉梢都帶著暖暖的溫柔，「要不要說一說妳這些年是怎麼過的？」

第六章　我們，來日方長

喜歡，大概是這個世界上最獨斷，最沒有道理的事了，
不是權衡利弊，不是見色起意，
就是忽然間有了那麼一個人，讓妳牽腸掛肚、割捨不了。

當天夜裡下了一場暴雨，第二天仍然陰沉沉的，紀思璿醒得很早，盯著厚重窗簾邊緣透進來的白光出神。

她做了一整個晚上的夢，夢裡都是喬裕的臉。夢裡的他笑著問她：妳呢，要不要說一說妳這些年是怎麼過的？

過了一會兒，紀思璿拿出手機來，找出一個號碼，接通後開門見山地開口：「我今天休息一天。」

她賴在床上滾了大半天，直到快中午才起來，餵了大喵之後又躺在沙發上發呆，最後煩躁地坐起來，拿出手機開始召喚人。

午後，四個女人悠閒地坐在咖啡廳裡看著雜誌，喝著下午茶。

三寶指著雜誌上的一頁問：「這條裙子好不好看？」

紀思璿看都不看，「三寶，妳說妳穿什麼裙子啊？女人才穿裙子。妳除了身分證上寫著性別女之外，妳和女人還有什麼關係？」

三寶一臉委屈地看著紀思璿，看著看著，忽然笑了，「妖女，妳說我留妳這個髮型好不好？待我長髮及腰，少年娶我可好？到時候陳簇就可以娶我了！」

紀思璿懶懶地抬頭，上上下下打量了三寶半天，唉聲歎氣地搖頭，「我看是沒什麼希望了。」

三寶一臉疑惑，「為什麼？」

紀思璿慢條斯理地揶揄她，「因為妳沒有腰啊。」

三寶連中兩箭，立刻把雜誌一扔，淚眼婆娑地奔到隨憶懷裡找安慰。

何哥看著橫空出現在她面前的雜誌，不知如何是好，扔也不是，拿著也不是，只能一臉驚恐地看著妖女，誠懇地求饒道：「妖女，念在我們同居過五年的份上，求求妳接下來別說……」

紀思璿抿了一口果汁，毫不留情地出招，「何哥啊，我說妳再相親不成功啊，就信基督教吧！」

何哥戰戰兢兢地開口：「為什麼？」

紀思璿笑得傾國傾城，「因為這樣妳就有主了啊。」

何哥也扔掉雜誌，撲到隨憶身邊顫抖，「阿憶！妳看她！」

隨憶左擁右抱地坐在一旁笑，「這妖精修為太高，我等招架不住，快去搬救兵。」

三寶不死心，微微反抗，「妖女，說真的，我真的瘦過。」

紀思璿不緊不慢地接招，「是剛出生那時候嗎？三寶，妳真的是贏在人生的起跑線上。」

三寶再一次撲進隨憶懷裡，吐血身亡。

何哥把隨憶往前推了推，企圖抵擋一部分的火力，「妳為什麼不攻擊阿憶啊？」

紀思璿歪頭壞笑著說，「因為她老公是蕭子淵啊，蕭子淵是誰都能招惹的嗎？妳也找個像蕭子淵那樣的老公，這樣我就不會攻擊妳了。再說了，孕婦妳們也想欺負，有沒有人性啊？」

何哥剛想開口忽然頓住，看著三寶對她擠眉弄眼。

三寶眨著眼睛，一臉呆傻，直到聽到身後的聲音才猛地睜大眼睛，跳起來去打招呼：「護士長，好巧啊。」

一個中年女人帶著一個二十幾歲的年輕女孩，站在幾步之外，皮笑肉不笑地寒暄：「任醫生，這位是我侄女，妳沒見過吧？」

三寶拚命搖頭，「沒見過沒見過。」

中年女人拍了拍自己的侄女，「對了，任醫生的導師什麼時候有空啊？我想請他幫我侄女看看，調理一下身體，她啊，就是太瘦了。」說完又去掐三寶的腰，「任醫生，還是妳教教我侄女，到底要怎樣才能吃得像妳這麼胖？」

三寶樂呵呵地傻笑，也不在意。

紀思璿卻看不下去了，轉頭問：「這大媽是誰啊？」

隨憶湊到她耳邊小聲回答：「滿有資歷的護士長，旁邊那個是她侄女。聽說她一直想把她侄女介紹給陳簇，沒想到陳簇和三寶在一起了，就有事沒事地來欺負三寶。」

何哥心有戚戚焉地補充，「而且她講話超毒！」

紀思璿揚著下巴，瞄了一眼後說，「喔，看起來是滿惡毒的，不說我還以為是灰姑娘的後母。」

惡毒後母還在補刀，「女孩子啊，自然還是瘦一點好看。妳看看，我侄女是不是很瘦很好看？」

「是啊，是滿瘦的，所以啊，得去看獸醫。」紀思璿揚著聲音，陰陽怪氣地開口，「我們有沒有去做獸醫的同學？介紹一個給她。」

何哥直接一口水噴出來，「噗……」

女孩一臉憤怒地瞪著紀思璿，「妳！」

惡毒大媽走近兩步，「看妳是長得滿漂亮的一個女孩子，說出來的話怎麼那麼難聽呢？」

紀思璿靠著椅背，好整以暇地看著來者不善的兩個人，「原來說話好不好聽跟長相有關係啊？怪不得我聽妳講話那麼難聽。」

「妳說誰難看啊？」

「說妳啊，這麼明顯都聽不出來嗎？」

「妳是誰啊？我在跟任醫生說話，和妳有什麼關係？」

「沒關係啊，我有病，沒吃藥而已，怎樣？妳也沒吃藥？」

中年大媽被氣得渾身發抖，拉著自己的侄女頭也不回地走了。

三寶坐回來之後，紀思璿伸手去捏她的臉，「妳是不是包子吃多了？別人這樣欺負妳，妳都不還擊？」

三寶還是笑呵呵的模樣，微微紅了臉，「我怕陳簇難做人。」

紀思璿哀號一聲，「走了走了，我們還是去逛街吧。」

四個人逛了一下午，吃了晚飯，又去附近一家很有小資情調的酒吧消磨時光。

三寶是沾酒即醉的酒量，偏偏還每次都要喝，才喝了幾口就攬著紀思璿涕淚齊下，「妖女，妳怎麼那麼狠心啊？走了那麼多年都不回來……我好怕妳一直都不回來……」

紀思璿艱難地扶住不斷下滑的三寶，然後轉頭對隨憶跟何哥說：「我一直都不敢回來，回來看到妳們，我就會想起以前，想起……喬裕……」

妖女這麼肆無忌憚地說出那個名字時，隨憶心裡一顫，何哥立刻一巴掌拍到三寶身上，「妳沒事說這個話題幹什麼？換一個！」

三寶迷迷糊糊地看著三個人，「換一個？喔，那我們什麼時候去海鮮樓啊？我好怕它哪一天忽然關門了，我才去過一次啊，嗚嗚嗚……」

何哥又要一巴掌拍過去，卻被紀思璿攔住，她笑得樂不可支，「好了好了，她喝多了，根本不知道自己在說什麼。」

後來何哥步上三寶後塵，一頭栽在吧臺上睡得昏天暗地。

隨憶看著安靜下來的紀思璿，「到底怎麼了？妳今天一整天都不對勁。」

紀思璿正看著臺上輕聲唱情歌的男人，聽到隨憶的聲音轉過頭看，一臉認真地問：「阿憶，妳為什麼喜歡蕭子淵？他做過什麼事……讓妳特別感動？」

隨憶想了想，「喜歡，大概是這個世界上最獨斷，最沒有道理的事了，不是權衡利弊，不是見色起意，就是忽然間有了那麼一個人，讓妳牽腸掛肚、割捨不了。蕭子淵讓我感動的不是某一件事，而是他對我的態度，在他所有的規畫裡都留了我的位置。」

紀思璿臉上的笑容漸漸消失，垂著眼簾不說話。

一個男人不用說什麼山盟海誓，他最大的誠意是慢慢告訴妳，在那些妳不在的日子裡他是怎麼度過每一天。雖然妳不在，他也留了妳的位置。過去是這樣，未來也是這樣。

隨憶大概猜到了，「喬裕又做了什麼？」

紀思璿深吸一口氣，瞇著眼睛，一臉困惑地想了許久，「其實他根本什麼都沒做……」

紀思璿從包包裡翻出藥膏遞給隨憶看，「就是出差回來帶了這個給我，拉著我胡說八道半個下午，沒了。」

隨憶接過來看了幾眼，「真的只是胡說八道嗎？」

「不是胡說八道。」紀思璿的眼底是滿滿的挫敗，不想承認卻不得不承認，「這世上大部分驚天動地、動人心魄的愛情都沒什麼好結果，最纏綿悱惻的愛情就是以正正經經的態度平平淡淡地過好每一天，對自己也對妳負責。沒有那麼多死去活來，陪伴到老才是情深。那個男人當年對我就是如此，在寢室樓下擺蠟燭啊，唱情歌啊，他從來都不會，就知道整天板著臉，皺著眉跟我說：『紀思璿，建築史讀完沒？妳已經比別人晚了一年還不努力點，怎麼跟得上？紀思璿，妳有時間就學一下這個製圖軟體。紀思璿，妳的概念太虛、進度太慢、品質太差、沒有深度、資料都在灌水、線稿拉得不行、模型不夠挺、渲染不夠逼真。重畫、重做、重測、重來。』

把妳的作業批得一無是處，可是等妳提前完成交上去的時候，才知道別人才剛做了一半，老師會一臉驚喜地誇獎妳。我在國外的時候，別人會跟我說，紀思璿妳的畫圖基礎很紮實，習慣很好。其實我父母都沒有正正經經地教過我，我學建築的優勢不過是有美術基礎，仗著有些天賦和悟性，而那些技巧和習慣都是喬裕教的。連我自己的教授都會跟我說：『其實我中意的關門弟子是個男生，也是亞洲人，也跟妳同一個學校，叫喬裕，妳認識嗎？雖然他沒有來，但是妳的作品裡有他的影子。』

妳能明白那種感覺嗎？所有的記憶鋪天蓋地地壓下來，一次又一次，這個男人編織了一張網，無聲無息地把我淹沒，根本就逃脫不了。如今我回來了，還是如此，他溫溫和和地看著妳笑，妳生氣、惱怒、諷刺、毒舌，妳所有的反抗和抵觸，他都照單全收，又無聲無息地收網。這個男人不是懦弱，他是真的溫柔，一種因內心強大而生出的溫柔。」

紀思璿的眼睛有點紅，忍了忍，笑著轉頭，「喝得有點多，語無倫次了，妳就當沒聽到吧。」

隨憶把藥膏還回去，「那妳就和他在一起啊。」

紀思璿傲嬌地把頭扭到一邊，「我不要！憑什麼？是他說不能和我一起去留學了，是他先放的手，憑什麼我回來了就當作什麼都沒發生過，再和他在一起？」

隨憶忍俊不住，「妖女，妳有沒有覺得……」

紀思璿頭都沒抬，聲音裡有些懊惱，「覺得。」

「那妳……」

紀思璿靜靜地看著隨憶，微微笑著，「可是阿憶，當年妳和蕭子淵，難道就不做作嗎？」

隨憶歪著頭想了想，忽然笑了，不得不點頭承認，「做作。」

「不做作叫什麼戀愛啊？」紀思璿瞇著眼睛看向隨憶，眼底一片清亮，「妳說我長得這麼漂亮，難道就不能做作一下嗎？」

隨憶歪過頭去抖動雙肩，「妖女，我就喜歡妳這種真性情。還有，其實，在寢室樓下擺蠟燭、唱情歌、表白的戲碼，妳是早就看夠了吧？當年那麼多人在寢室樓下叫妳的名字演偶像劇，還不是被妳一句『膚淺』就罵跑了？」

「是嗎？」紀思璿抿了口酒，「完全不記得了。」

「其實，妳有回來吧？那年平安夜，喬裕看到妳了，就那一眼，他差點瘋了。」隨憶忽然一臉正經，「當時他抓著我的手臂，問我看到的是不是妳，那麼用力，大概他自己都沒有意識到。當時那麼多人看著，他的聲音都在顫抖。我看著他逼自己不要失態，用盡所有力氣把失控的情緒逼回去。自從妳走了之後，他從來不向我打聽妳的消息，只有那一次。

有一年他們部門有同事生小孩，是個女孩。孩子的父親想了幾個名字，讓他們看看哪一個好聽。當時我也在，喬裕指著紙上的『璿』字跟他同事說，聽說名字裡帶個璿字的女孩子會長得很漂亮。那個同事想了想問：比如說？喬裕笑了笑，比如說，民國名媛周璿。有人又問還有呢？喬裕頓住，嘴角動了動，忽然笑了，說還有很多，但他一時之間想不起來。

子淵低頭輕輕跟我說，喬裕剛才肯定是想說妳。但『紀思璿』三個字對他來說，是有著怎麼都說不出口的艱難吧。這些他是不是都沒跟妳說過？喬裕的隱忍和愛意都掩藏在他溫和的笑容裡。妖女，我以前認為無論別人怎麼樣，喬裕和妖女都一定會在一起的，雖然後來發生了那麼多事，但我依舊這麼認為，一直到現在。」

紀思璿抬手揉了揉隨憶的臉，拉長聲音：「知道了，蕭夫人！」

隨憶拍掉她的手，「妳有沒有發現，『喬』和『妖』聽起來很像？」

紀思璿懶洋洋地開口：「哪裡像？『喬裕』是有口無心，『紀思璿』才是有口有心。」

◇

被別人談論一整晚的喬某人此刻剛看完喬燁，從醫院裡和溫少卿並肩走出來，去赴被夫人拋棄了的蕭大公僕的酒局。

坐下後，蕭子淵拿著酒單示意兩人。

溫少卿擺擺手，「我明天有手術，我喝水算了。」

喬裕也搖頭，「我開車。」

蕭子淵捏著酒單皺眉，「難得我有這個興致。每當這個時候，我就分外思念一個人。」

說的是誰，三個人心知肚明。

溫少卿頓了頓，「林辰沒和你們聯繫過嗎？」

「他怎麼會跟我聯繫。」蕭子淵嫌棄地看了眼溫少卿，「有這麼一個表弟。」

溫少卿睨他一眼，又看向喬裕。

喬裕看著酒單，樂得補刀，「昔日兄弟一朝反目是為了什麼啊？你們倆多久沒講過話了？」

溫少卿的臉黑了黑，也很快反擊，「喬二，你有什麼資格說我？是說那個紀大美女你搞定了嗎？」

喬裕立刻偃旗息鼓了。

人生大贏家蕭子淵笑得春風得意，「喂，你和你們家叢律師到底是什麼狀態？」

「叢大律師每隔一天就會發一封律師函給我，我現在……」溫少卿說了一半，放在桌上的手機震動的同時螢幕也亮了起來，一封簡訊。

三個人同時探頭看了一眼。

「你會在二十四小時內收到我的律師函……」

溫少卿見怪不怪地滑開螢幕看了一眼，「我看看，這次又給我什麼莫須有的罪名啊？」

溫少卿忽然愣住，一臉不可置信。

「怎麼了？」

「說我……性騷擾？」

溫醫生氣得跳腳的同時，蕭子淵接到自家夫人的電話。

隨憶悄聲開口：『你叫喬學長一起過來吧？』

蕭子淵把手機拿開一點，真誠無比地問喬裕：「我要去接我老婆，你要不要一起去？」

喬裕奇怪地看著他，「你接你老婆，我去幹什麼？」

蕭子淵別有深意地問：「你確定？」

喬裕想起上次被他坑過一回，有些猶豫，「她……也在？」

蕭子淵憋著笑，「你猜呢？」

喬裕掀桌，「我說蕭子淵，你真的是個壞人耶！」

最後三個人兵分兩路，喬裕和蕭子淵去善後，溫醫生去找叢律師算帳。

◇

紀思璿像是嗅到了什麼危險，忽然閃人，於是隨憶目睹了剛才被她讚為溫潤儒雅的喬裕掀桌的場景。

撲空的喬裕憋著火氣質問蕭子淵：「蕭子淵，你故意的吧？」

蕭子淵偏偏也不解釋，還跟隨憶使眼色叫她也別解釋，一臉事不關己的無辜，「我又沒說她會在，是你自己要來的。」

喬裕最後還是做了一回司機，把何哥、三寶送回醫院宿舍，又護送蕭氏夫婦回家，途中還順路去蕭家老宅接蕭雲醒小朋友。

蕭雲醒小朋友睡得迷迷糊糊的，被蕭子淵抱在懷裡，揉著眼睛叫喬裕：「二叔。」

喬裕從後照鏡笑著看過來，「乖。」

蕭雲醒小朋友還記得上次匆匆一別的事情，「二叔，你後來追到那個漂亮姊姊了嗎？」

喬裕幽怨地瞪了蕭子淵一眼，心裡默默想著，果然是親生的，父子倆真有默契，一起攻擊我。

蕭子淵繼續裝無辜，「不是我教的！」

這一天的後遺症就是，喬裕把蕭子淵拉入外交黑名單，對他的話採取三思而後行的原則。

◇

紀思璿第二天早上醒來就頭痛欲裂。她一手揉著太陽穴一手拎著裝著大喵的包包，行屍走肉般地踏進辦公室時，發現她的桌上放著一碗粥，還有一杯綠色的液體。

她端起來聞了聞，芹菜味中帶著淡淡的甜味。

她又去看旁邊的粥，還是溫的，拿著勺子嘗了幾口，味道確實不錯。她端起旁邊的芹菜汁喝了小小一口，差點吐出來。

手機極其應景地震動了兩下，她點開簡訊看了一眼，是喬裕。

『芹菜汁可緩解宿醉頭痛。』

紀思璿摩挲著杯壁出神，幾分鐘後回了——

『據說在古希臘時期，是禁食芹菜的，因為芹菜中含有促進性欲的物質。』

正在開早會的喬裕看到這條簡訊時，差點把手機扔出去。

昨天目睹了心情頗為詭異的紀思璿橫掃整間百貨公司的場面後，三寶回去就開始不正常了。

第二天中午在醫院餐廳中，她揪著陳簇的袖子撒嬌，「我不舒服，好像病了，買個包包給我吧！」

陳簇一頭霧水，「病了就要看醫生啊，跟買包包有什麼關係？」

隨憶和何哥對視一眼，異口同聲地回答：「妖女有云，包，治百病。」

「呃……」陳簇一臉愕然。

隨憶打電話控訴紀思璿時，紀思璿在電話那頭笑得前仰後合，「後來呢後來呢？」

『後來……』隨憶歎了口氣，『被陳簇用兩顆肉包搞定了。』

「哈哈哈……」

紀思璿笑著掛了電話，一轉身就看到喬裕被人眾星捧月般的從轉角處走過來。他正歪頭和旁邊的人說著什麼，抬頭看路時看到她，愣了一下。

紀思璿收起笑容揚著下巴，目不斜視地從他身邊走過。

喬裕停下腳步，轉頭看著那道身影消失在門後，才轉過身繼續往前走，低頭去看手裡的文件。

這個丫頭不知道在和誰講電話，笑得那麼開心，剛才轉身的一瞬，笑意從那雙澄澈嫵媚的眼睛裡溢出來，整張臉都明媚得發亮，讓人移不開視線。就像當初她站在斑駁的樹影下，遠遠地叫他的名字，陽光透過樹葉的縫隙照在她的臉上，卻不及她那雙波光流轉，帶著笑意的眼睛那麼亮。

想到這裡，喬裕轉頭去看走廊窗外的陽光，微微笑起來。

紀思璿，我們，來日方長。

◇

那天喬裕從醫院離開後，喬燁特意叫了尹和暢來醫院。

喬燁的精神看起來還不錯，叫尹和暢坐下後問：「我看他眉眼間有點落寞，最近發生什麼事了嗎？工作不順心？」

尹和暢欲言又止，「工作還好，只是……」

「什麼？」

尹和暢不知道該不該說：「……」

喬燁起身把病房門關好，「沒關係，你說吧。」

尹和暢說得隱晦，「大概是和女人有關。」

喬燁想了想，「也不為難你，我問幾個問題，你只需要回答『是』或者『不是』就行。你什麼都沒說過，是我自己猜的。我父親逼他娶薄家的女兒？」

「不是……」

喬燁想了半天，忽然靈光一閃，「他之前喜歡的那個女孩回來了？」

「嗯……」

喬燁聽到這個消息很高興，「是個好消息，我找個機會去看看。」

尹和暢想了又想，還是說出口：「我調查過，那個女人……好像風評不好。」

喬燁忽然收起笑容，「亂講！我弟弟喜歡的人怎麼會不好呢？尹助理，你要記住，永遠不要從別人口中認識一個人。」

喬燁自知時日不多了，動作很快地聯繫上了紀思璿。

紀思璿掛斷傅鴻邈教授的電話後趕到X大。

當年她從醫學系轉到建築系，就是傅鴻邈教授拍板同意的，後來出國的推薦函也是這位老教授親自寫的，出國後也時不時保持著聯繫。這中間除去喬裕，她對這位教授還是很感激的。

傅鴻邈還是一貫的老頑童模樣，指著坐在自己左邊的男人笑著介紹：「這就是紀思璿，思璿啊，這位是我以前的學生，他有件事想請妳幫忙。」

喬燁從旁邊拿出捲著的繪圖紙開門見山，「我想幫我女朋友蓋一棟房子。但因為畢業之後做了別的工作，在建築設計方面，我已經是外行了。我這裡有當初畫了一半的繪圖紙……」

紀思璿本能地想要拒絕，「傅教授，我這次回來是公司在這邊有個合作的專案，專案很快就要開始了，之後我就要閉關趕工，可能無法……」

喬燁看出她的為難，很快解釋：「知道紀小姐很忙，其實只是想請紀小姐幫忙畫完圖，其他的事情我自己會處理。」

紀思璿看向傅鴻邈，而傅鴻邈點了點繪圖紙，「打開看看，看完妳會接的。」

紀思璿只能接過繪圖紙，打開看了一眼，竟有種說不出來的熟悉，這種熟悉感讓她莫名地恐慌，抬眼看著喬燁，「先生貴姓？」

喬燁笑了笑，「敝姓天。」

紀思璿看了看繪圖紙，又抬頭看喬燁，「這個姓氏滿少見的。冒昧問一句，這個……是您本人畫的？」

喬燁點頭，「是啊，怎麼了？」

紀思璿仔細打量著喬燁的臉，確認自己和這個人沒有什麼交集之後，收起繪圖紙，「沒什麼，如果天先生不介意的話，我想先拿回去看一下，會儘快給您答覆。」

喬燁和傅鴻邈對視一眼，點頭同意。

傅鴻邈送紀思璿出去的時候，紀思璿還是有些懷疑，「傅教授，這個天先生真的是您的學生？」

傅鴻邈一臉坦蕩地胡說八道：「是啊，怎麼了？」

紀思璿表示懷疑，「我為什麼從來沒見過？」

「他比妳早了幾屆，妳入學的時候他早就畢業了，所以妳不認識。」

喬燁看起來是比她大了幾歲，紀思璿暫且相信，又問出下一個問題：「那他為什麼找上我？」

傅鴻邈一臉讚賞地看著紀思璿，「久仰妳的大名啊。」

紀思璿一臉「要不要這麼愛演」的模樣吐槽傅鴻邈，「我才剛回國而已……」

「喔，我推薦的，妳可是我的得意門生啊。」

「啊哈，您老人家最得意的不一向都是……」紀思璿自嘲著開口，說到一半忽然頓住，不再往下說，臉上的笑容也消失殆盡。

傅鴻邈看她一眼，「是啊，可惜老眼昏花啊，那個臭小子竟然放我鴿子！一想起來就想把他抓回來打一頓！」

眼看就要走到校門口了，紀思璿擺擺手，「我先走了。」

傅鴻邈不放心，「妳不會不接吧？該不會不給我面子吧？」

紀思璿一臉認真地想了想，「說不定喔，反正現在我也不是您的學生了，正所謂山高師父遠，徒已畢業，師命有所不受。」

傅鴻邈立刻暴怒，「妳這個逆徒！」

紀思璿一臉氣定神閒，「傅教授，這是在學校，說不定附近就有您的學生，您可是為人師表喔。您雖然被叫成『副』教授，但也別忘了您還是個正正經經的教授。」

傅鴻邈立刻擺出一副慈祥模樣，用力地扯出一抹笑容。紀思璿噗哧一聲笑出來，搖了搖手裡的繪圖紙，「知道了知道了，會好好考慮的。」

紀思璿離開後，傅鴻邈回到辦公室時，喬燁還在，他摸著下巴看了喬燁半天，「說真的，你和你弟弟真的是一點都不像，不然今天肯定穿幫了。」

喬燁有點不放心，「她從繪圖紙上能看出是喬裕畫的嗎？」

傅鴻邈搖頭，「其實兩個人在一起時間久了，是會相互影響的。他們兩個人的風格和筆觸在大三那年就已經很像了，有的時候喬裕替紀思璿做作業，會刻意模仿一下她的風格，畫出來的圖幾乎以假亂真，對此，我是睜一隻眼閉一隻眼罷了。喬裕那張繪圖紙只畫了一半，設計之初又考慮到紀思璿的喜好，因此感覺很像，可是又說不出哪裡像，所以紀思璿剛才看了繪圖紙才會鬆口。」

喬燁點點頭，「那我就放心了。傅教授，這次麻煩您了。」

紀思璿回到辦公室後，把繪圖紙釘在展示板上，後退了幾步看了很久。

韋忻在隔壁辦公室看了半天後走過來，「喔，璿皇！妳竟然兼差！」

紀思璿看了他一眼，很正經地指著繪圖紙問：「你覺得怎麼樣？」

韋忻看了幾眼，「璿皇出品，當然不同凡響。」

紀思璿皺眉，「你也以為這是我畫的？」

「不是嗎？」韋忻又仔細看了看，「這不就是妳的手筆嗎？」

紀思璿也是一臉困惑，「我也覺得是我，但我真的沒畫過啊。」

「那這繪圖紙是從哪裡來的？」

「以前教我的一位教授介紹的一個男人。」

韋忻一臉恍然大悟，「喔，妳還是私下兼差！」

紀思璿收起繪圖紙，無賴地看著他，「嗯，我就是兼差，怎麼樣？」

韋忻立刻換上狗腿的笑臉，「不怎麼樣，想問問妳國內的行情，我這種級別的接案子可以開怎樣的價啊？」

紀思璿揮揮手像是趕蒼蠅一樣，「你這種人接什麼案子，缺錢花就回家繼承家業，不需要兼差。」

韋忻立刻一臉驚恐地左右看了看，「不是說好了忘了這件事嗎？妳又提！妳看我從來都不提妳跟喬裕是……」

紀思璿一個眼神掃過去，韋忻立刻閉嘴，雙手捂住嘴，壓低聲音往門外挪，「我什麼都沒說……」

紀思璿還在死命瞪著他，企圖用眼神殺死他時，半開的門被人輕輕敲響。喬裕手裡抱著大喵，看了看兩人，最後朝紀思璿開口：「我找妳有事。」

韋忻如同看到救兵一般，立刻閃出辦公室，「你們聊你們聊！」

紀思璿懶懶地靠在桌邊，繃著臉一臉傲嬌，「什麼事？」

「牠……」喬裕彎腰把大喵放到地上，「跟了我一整天，我怕妳擔心，所以先把牠送回來了。」

紀思璿無奈地看著窩在喬裕腳邊的生物，恨鐵不成鋼，不自覺間態度也軟了下來，「牠平時最不親近人了，我也不知道牠為什麼總是黏著你。如果你覺得煩，我今天把牠送到阿憶家裡，讓她幫我照顧幾天。」

喬裕笑著看著她，「沒事，讓牠待在這裡吧。」

那麼溫柔的語氣，讓紀思璿一時愣住。

就在紀思璿神情恍惚時，聽到喬裕又開口：「我手裡除了這個案子之外還有別的專案，所以不是每天都在辦公室。明天要去外面視察，所以不會來辦公室，有事的話打我手機。」

紀思璿輕咳一聲，一臉不自然，「幹嘛告訴我？」

喬裕笑了笑，沒揭穿她，恰好手機響了便走出去接電話。

喬裕剛出辦公室，紀思璿就蹲在地上使勁揉捏大喵的臉，「這位大叔，你能不能矜持一點啊！你是跟我姓的，老是跟著別人是怎麼一回事啊？餵你吃、幫你洗澡的人是我是我是我啊！你考慮一下黏著我啊？」

喬裕站在幾步之外，看著門內的一人一貓較勁。

一個憤憤不平一個高貴冷豔，後來冷豔高貴的那個受不了憤憤不平的蹂躪和碎碎念，揮起爪子抓了憤憤不平的那個一爪，趁機跑了出來。

喬裕看到便笑起來，回過神來才聽到薄季詩的聲音在電話的另一端響起：『喂？訊號不好嗎？』

喬裕心虛，輕咳一聲：「我這邊訊號不太好。」

薄季詩也沒在意，『上午打電話給你的時候，你在忙嗎？』

喬裕笑了一下，「不好意思，當時不太方便。找我有什麼事？」

薄季詩輕描淡寫的聲音裡帶著些許得意，『喔，就是跟你說一聲，我們大概很快就會見面了。我贏了薄仲陽，這個專案由我負責。』

喬裕沒想到薄震會派薄季詩過來，雖然驚訝也只是愣了一愣，很快回答：「恭喜。什麼時間到提前說一聲，到時候我安排人去接妳。」

喬裕回到辦公室時，就看到大喵旁若無人地窩在他辦公桌的窗臺上，抱著尾巴睡得一塌糊塗。

喬裕走過去輕聲叫了一聲：「紀小花？」

某隻冷豔高貴的聽到聲音，睜開眼睛看了他一眼，喬裕搔了搔牠的下巴，「可能是我的原因，她最近心情不好，你不要在意。」說完也揉了揉牠的臉，「剛才有沒有捏痛你啊？」

大喵一臉享受地蹭了蹭。

第七章　小小花招後的一片柔情

她聰明，古靈精怪，偶爾會耍耍花招，無傷大雅。
就像《小王子》裡說的那樣，只恨我當時年紀小，
看不懂她那些小小花招背後的一片柔情。

薄季詩保持著一貫雷厲風行的作風，很快就到了，喬裕作為東道主和舊識請她吃飯。

兩個人隨便聊了兩句專案的事情，便安安靜靜地吃飯，吃到一半，薄季詩晃動著手裡的紅酒杯，目光有些渙散地看著搖曳的紅色液體，「她是個怎樣的女生？」

喬裕一愣，薄季詩笑了起來，「就是你心裡的那個人啊，你可別告訴我沒有。」

「嗯……」喬裕遲疑了一下，不知道想起了什麼，忽然笑起來，「她可能是個同性不怎麼喜歡的女生。」

薄季詩誇讚，「你這樣說，我就知道她有多出色了。」

喬裕似乎心情很好，臉上的表情也亮了起來，「何以見得？」

「你不知道，要讓一個女人喜歡另一個女人有多難。當一個女人不喜歡另一個女人的時候，說明這個女人身上有著讓她望塵莫及的地方；當大多數女人不喜歡一個女人的時候，說明這個女人身上有太多讓人望塵莫及的地方。這是對一個女人最大的肯定，望塵莫及之後便是嫉妒。」薄季詩抿了口酒，微醺，「很漂亮吧？」

「相當漂亮。」喬裕想了想，「當年她畢業的時候，X大流傳著一句話，從此X大無美女。不過她不是花瓶，她一向自詡自己是又華又實的官窯出品。」

「很有才華？」

「當年她的才情連我都佩服。」

「還有呢？」

喬裕垂著眼眸娓娓道來：「是個少有的真性情女孩，看起來眼高於頂誰都看不上，心地卻是最善良的。」

「繼續。」

「聰明，古靈精怪，偶爾會耍耍花招，無傷大雅。就像《小王子》裡說的那樣，只恨我當時年紀小，看不懂她那些小小花招背後的一片柔情。」

薄季詩心裡一動，臉上卻依舊笑著，「繼續說。」

「看起來很不正經，但是個死心眼的女孩。」

喬裕想起當年自己紅著臉被紀思璿調戲的種種，不由得低著頭笑起來。

薄季詩托著下巴，表示懷疑，「真的就沒有一丁點的缺點？」

喬裕點點頭，「有啊，有點小任性，脾氣又倔，還很霸道，一旦決定了的事情就不會更改……」

所以當年她才會走得那麼決絕，一點餘地都沒有留。

薄季詩從喬裕的語氣中聽不出他任何的不悅和無奈，反而有種覺得這些缺點很可愛的愉悅感，「那你還喜歡她？」

喬裕笑得寵溺，「就是因為她太霸道了，我拿她沒轍啊，只能陷了進去。當初她的出現太突然太驚豔，來不及細細思索便愛上了。這些年我想了很久很久，把有關她的所有一切全都想了無數遍，好的、壞的，卻發現還是愛她。」

薄季詩一臉受不了，「喂喂喂，你不要笑得那麼明顯好嗎？你沒注意到旁邊那幾個女孩子，從你第一次笑就開始不停地流口水了嗎？」

喬裕斂了幾分笑意，低下頭喝了口水。

薄季詩的笑容卻漸漸加深，「說真的，你有沒有想過，其實你只是懷念那段歲月，你放不下的只是曾經歲月裡的那個人？」

喬裕搖頭，「我也曾這麼安慰過自己，可是當那個人就站在你面前時才發現，你懷念的不是那段歲月，你懷念的從來只是那個人。曾經也好，現在也罷，無論她是不是變了，你愛的都只是那個人。」

薄季詩察覺到了什麼，笑容卻沒有一絲變化，「又見到她了？」

喬裕沒有隱瞞，「是。」

薄季詩來了興致，「怎麼樣？」

想起那個人，喬裕又笑了起來，「變漂亮了，以前就很漂亮，現在更漂亮了。個性還是跟以前一樣，本來就引人注目，現在氣場更強了。」

薄季詩調侃道：「你都壓不住？」

喬裕笑了笑沒說話。

薄季詩繼續問：「那你們要在一起了？」

「不知道。」喬裕似乎不想再聊，抬起手腕看了一下時間，「時間不早了，我讓司機送妳回去吧。」

薄季詩看著喬裕的側臉，她不知道他口中的那個人到底是個怎麼樣的女孩，但她確定的是，喬裕這輩子只會喜歡那一個女孩。

她認識喬裕的這幾年，他一直都是淺淺淡淡的樣子，偶爾眉宇間會帶著幾分揮之不去的憂鬱，從沒有像今天這樣笑得這麼陽光爽朗，只是提起那個女孩便是如此，心裡到底是愛到什麼程度？

◇

薄季詩一直想見一見讓喬裕神傷的這個女人，只可惜初次見面似乎沒有那麼愉快。

薄季詩這次來，帶了三個得力幫手之外，還帶了一個助理。第二天一早，他們一行五個人出現在喬裕辦公室裡，薄季詩做了介紹之後，那個女助理就衝著喬裕笑得調皮，「喬部長好！」

喬裕一眼就看出薄季詩對這個年輕的助理不一般，別有深意地看了薄季詩一眼。

薄季詩自知瞞不下去，笑了一下，有些不好意思，「我表妹，謝甯純。她父母想讓她歷練一下，就讓她跟著我了。」

裙帶關係向來複雜，更何況是薄家的家務事，喬裕點點頭並沒有多說什麼，讓尹和暢通知大家開會。

合作方終於到齊，三方合作最忌諱某一方姿態太高，所以初次見面很重要，喬裕卻沒想到最後還是發生問題。

兩個合作方分坐在會議桌兩側，喬裕底下的人坐在他對面，頗有三足鼎立的意味。

謝甯純是個嬌生慣養的大小姐，更何況薄家在商場上強勢慣了，會議開始沒多久，她便趾高氣揚地拿著枝筆指指點點，「介紹一下你們的職務吧，就從妳開始！」

說完，筆尖對準紀思璿，眾人心裡一抖，默默吐槽，上來就單挑女王Boss，手氣真好。

紀思璿懶懶地靠在椅背上，氣場全開，似笑非笑地看了她半晌，就在小女生要被嚇哭，全場以為璿皇要翻臉時，她的嘴角忽然綻放一抹笑意，緩緩開口：「植物嘛，我養了盆仙人掌，不過前兩天剛被我戳死了。」

說完歪頭看向旁邊。

坐在旁邊的韋忻也是個不怕事情鬧大、只怕事情不夠大的人，強忍著笑，一本正經地回答：「我有盆蘭花，尹助理送的，還沒死，妳喜歡的話可以拿走。」

紀思璿開了個好頭，韋忻接力棒又接得漂亮，後面的人幾乎都處在崩潰邊緣，忍著笑極其「配合」地回答這個問題。

「我的植物是文竹！」

「我養了多肉！」

「我養了發財樹！」

一向穩重正派的徐秉君一直皺著眉，到了他這裡算是最後一棒，當著眾人的臉，也只能和事務所站在一起，半天後冒出一句：「我不喜歡植物。」

一排人回答完之後，便是爆笑聲。

喬裕手底下的人處於中立位置，想笑又不敢笑，表情近乎扭曲。

謝甯純氣不過，看向喬裕：「喬部長……」

剛開口就被喬裕打斷，他低著頭擺手，「我沒有植物，我過敏。」

小女生徹底哭了，也不顧場合，轉身就找靠山，「表姊！」

喬裕一直低頭忍笑，一副助紂為虐的模樣，薄季詩看了他一眼，端莊大度地笑了笑：「好了，他們逗妳玩的。」說完，拿走她手裡的筆扔到桌上：「以後不要用筆指人。還有，上班時間不要叫我表姊。」

薄季詩隔著會議桌向紀思璿伸出手：「早就聽說過璿皇的名字，只是沒想到這麼有才華的建築師竟然還這麼漂亮，剛開始我還以為是哪位的祕書呢。」

謝甯純不服氣，小聲嘀咕：「化妝的吧？卸了妝不知道還能不能看。」

笑裡藏刀的招數紀思璿不是沒見過，笑著輕輕握了一下薄季詩的手：「是化的啊，不把自己的臉化得漂亮點，怎麼能把薄總的錢花得漂亮啊？」

薄季詩瞪了謝甯純一眼：「不許胡說八道，璿皇本來就是美女。」

紀思璿聽得渾身起雞皮疙瘩：「不用客氣，叫我紀思璿就好。」

薄季詩衝著謝甯純笑了一下：「過來叫人。」

謝甯純眼睛一轉，壞笑著，字正腔圓地叫了一聲：「紀工。」

紀思璿手一抖，抬頭看了她一眼。

周圍的人窸窸窣窣了半天，雖沒有笑聲，卻一個個開啟了震動模式。

薄季詩瞪了謝甯純一眼，謝甯純一臉不服氣。

喬裕皺了皺眉，剛想說什麼，就看到紀思璿把手裡的筆一丟，面無表情地轉身出了會議室。

紀思璿的字典裡向來沒有「隱忍」兩個字，初次見面就不歡而散。喬裕看著她的身影消失在門口，一向溫和的臉上出現了幾絲冷冽，視線落在輕放在桌面的手指上，沉默半晌才開口，聲線清洌低沉，沒有指名道姓，話卻說得難得的重。

他說：「我這個學妹不喜歡別人這樣叫她，以後不要再這樣稱呼她了。既然是合作，便是建立在平等互利的基礎上，大家都是一樣的，不存在哪一方要壓倒另一方，如果對這個原則有意見，恐怕以後合作起來會很困難。我這個人挺怕麻煩的，如果真的有這種想法建議提前說出來，畢竟專案還沒啟動，還有反悔的機會。不過說到強勢和壓倒，如果真的非要劃分等級，主場作戰自然有優勢，高高在上的那個人，也該是我。」

表面上是在說專案，但不管是誰都聽得出來，喬裕是在護著紀思璿。

整個會議室頓時鴉雀無聲，氣氛有些低靡，好在喬裕很快恢復隨和的模樣，「好了，今天先到這裡吧，大家都去忙吧。」說完率先走出會議室，身後跟著尹和暢一行人。

韋忻和徐秉君對視一眼，等薄季詩一行人走出會議室才敲著桌子吐槽，「是誰跟我說，喬部是個看起來很溫和、很謙遜、很好說話的人？老人家，這次，你看走眼了！」

徐秉君對於剛才的情況也是始料未及，他確實小看了喬裕，「別人的強勢是在表面上，喬裕的強勢卻是在骨子裡，看不見摸不到，就算他不大聲說話，也自有一番氣度穩住全場。」

韋忻難得地贊同他。

「說真的……」徐秉君一臉疑惑，「你有沒有覺得喬裕對璿皇……嗯哼？」

韋忻有把柄在紀思璿手裡，明明知道一個大八卦卻說不得。他抓耳撓腮半天才忍住，心裡滴著血回答：「我也不是很了解……」

會議室裡的情況紀思璿一概不知，因為此刻她正在偷聽八卦。

茶水間大概是除了廁所之外最容易聽到八卦的地方，其實她也不是故意要偷聽，只不過剛好趕上了，便聽了一會兒。

「薄家這次派來的負責人竟然是個女的耶。」

「那個是薄家的四小姐，你不知道？」

「你們在說哪個薄家啊？」

「還有哪個薄家？紅頂商人富可敵國的薄家啊，聽說跟我們喬部長家裡還是世交呢。」

「該不會還從小指腹為婚吧？」

「有可能喔，看起來郎才女貌，也很匹配啊！」

「嗯嗯……」

「對了，上次喬部長主動說自己有女朋友，是不是就是這個薄四小姐？」

「不會吧？」

紀思璿聽夠了，轉身就走，只不過來的時候心情不太美麗，聽完之後心情更糟了。

回到辦公室時就看到喬裕在裡面等她。

紀思璿深吸一口氣，進門之後硬著頭皮認錯，「剛才是我不對，不該直接走人，會議紀錄我會自己看，不會耽誤工作的，下次不會了。如果你是來說這件事的，我已經認錯了，你就別開口了。」

說完之後半天沒有反應，她抬起頭就看到喬裕好整以暇地看著她，嘴角還噙著一抹笑。

紀思璿有些不好意思，硬裝出一副凶惡的模樣：「你笑什麼？」

喬裕示意她坐，「笑妳啊。」

紀思璿一臉莫名其妙：「我有什麼好笑的？」

喬裕彎著眉眼打量她半天：「說真的，我有點好奇，妳這個脾氣啊，這些年到底是怎麼混下來的？」

紀思璿明顯抗拒這個話題，「我平常不是這樣的。」

喬裕試探著問了句：「這幾天生理期？」

紀思璿手邊的衛生紙盒下一秒便飛了出去，「不是！」

喬裕笑著接住，「好了，這件事也沒什麼大不了的，不用放在心上。我就是來跟妳說一下，下個週末傅教授大壽，妳要不要一起去？」

紀思璿疑惑地看著他，「就這件事？」

喬裕點頭：「就這件事啊。」

紀思璿完全不相信。以前念書時，她每次改圖或改模型，改到發脾氣或擺爛時都會被他訓一頓。雖說訓完之後也會哄她，但總是會先擺出大道理，該訓的訓，該哄的哄，可現在到底是什麼情況？

喬裕在紀思璿這裡輕描淡寫，但青天白日就變身的消息很快傳了出去。他的直屬上司是從小看著他長大的長輩，把他叫到辦公室裡唉聲歎氣半天：「你連一碗水端平都做不到嗎？」

喬裕站在辦公室中間，像個受訓的小學生，垂著眼睛仔細想了想，然後抬起頭看著這位長輩，在老人滿眼的期望中誠實地回答：「唔，確實做不到。」

宋承安一口水噴了出來，毫無威嚴形象可言，「你……」

喬裕遞了張面紙過去，也不解釋，安安靜靜地等他發飆。

宋承安曉之以情、動之以理道：「我知道那個是你學妹，你偏袒她也是人之常情，可是你不覺得讓她和投資方握手言和，好好合作才是為她好嗎？」

喬裕完全不為所動：「之前在學校裡，她有時候改圖或做模型煩了也會擺爛，那個時候我會訓她，她不高興我也會那麼做，那是為了她好。可是現在不是她的問題，有別人摻雜進來，我再拿這些大道理去壓她，她會委屈，這並不是為她好。因為這件事不是她的錯，她沒有當眾翻臉就已經很給我面子了。」

宋承安拍著桌子：「你又不是第一天進到這個圈子，再說你從小到大看得還不夠多嗎？這個世界上的事情哪有什麼對與錯？」

喬裕一臉無辜，「既然沒什麼對和錯，那您叫我來是……」

宋承安自掘墳墓，盯著喬裕看了半天：「不對，你該不會是看上她了吧？我聽說她是個美女。」

喬裕坦蕩蕩地看著自己的上級兼長輩，「嗯，看上了。」

「……」

◇

喬市長在當天晚上就找喬裕來談談。除了兩位當事人，還有喬樂曦和江聖卓旁聽。

喬市長對於子女的擇偶問題並不十分在行，喬燁沒有這方面的問題他不用操心，喬樂曦和江聖卓是青梅竹馬，他也不用操心，作為家長第一次面對這個問題，他完全無前例可循。

喬柏遠沉默了半晌，終於斟酌著開口：「其實找人生伴侶不一定要挑最漂亮的，漂亮只占了很小很小的一部分。」

喬裕大概猜到了宋承安是怎麼跟喬柏遠說的，「那什麼占了大部分？」

喬市長對於喬裕的配合很滿意，漸漸放鬆下來：「你喜歡，這個因素占了大部分。你看你妹妹和聖卓，就是個例子，一定要找個你喜歡的。」

江聖卓和喬樂曦在旁邊猛點頭，喬裕看了一眼，波瀾不驚地開口：「喔。」

喬市長一副孺子可教的模樣：「你說說，你喜歡哪種的？」

喬裕非常認真地開口：「喜歡漂亮的。」

喬柏遠這麼多年來第一次被懂事有禮的二兒子堵住嘴，說不出話來，半天才擠出一句話：「你……從什麼時候開始這麼膚淺的？」

喬裕很真誠地自我剖析，「我一直這麼膚淺，大概從十幾歲開始，大一下半學期的那個夏天。」

最後喬裕被一臉陰沉的喬市長趕出書房，喬樂曦卻是一臉興奮地拉著喬裕問東問西。

「二哥，你喜歡的那個人是誰啊？長什麼樣子？有照片嗎？給我看看！你們怎麼認識的？真的很漂亮嗎？我能去看看嗎？」

喬裕被她的一連串問題問得無奈：「現在還不是時候，只是我看上人家了，人家未必看得上我，以後再說吧。」

喬樂曦不服氣，攬著喬裕的手臂撒嬌：「我二哥那麼好，怎麼會有人不喜歡！」

喬裕有些好笑：「好了，時間不早了，熱鬧也看完了，快回去休息吧。」

那天晚上，喬柏遠在書房裡坐了很久，對於喬裕反常的強勢很是擔憂。他敏銳地察覺到這件事或許只是個開始，他忽然想起樂准的話。

當年他怕喬裕的個性不適合進政壇，和樂准聊了很久，樂准聽他說完了才開口：

「喬裕啊，是低調慣了，不願和別人爭，否則啊……有些人低調，是因為隨時高調得起來，有些人謙遜，是因為隨時驕傲得起來。整體來說，喬裕是屬於最驕傲的那類人，是驕傲到根本不屑於展示驕傲的那類人。你這些年都只注意喬燁一個人，對自己的小兒子啊，真是一點都不了解。」

喬柏遠轉頭看了一眼書桌上的全家福，站在他右後方的少年眉目清秀，對著鏡頭微微笑著，溫和從容。他輕輕歎了口氣，自己是真的不了解這個小兒子嗎？

◇

紀思璿到底有些心虛，下班之後，等到人都走光了才去找尹和暢。

尹和暢一聽說她的來意便一臉慍色：「會議紀錄……還沒整理出來，我覺得，也沒有整理的必要了。」

紀思璿不知道他是什麼意思，也不在意：「沒有就算了，那你把會議錄音拷貝給我吧，我自己聽。」

尹和暢的臉色更難看了，支支吾吾半天：「會議很短，妳離開之後很快就結束了。」

紀思璿一臉莫名：「再短也有人說話吧？我總得了解一下開會說了什麼吧？」

尹和暢皺著眉，誓死要維護喬裕的形象：「妳還是別聽了。」

「嘖……」紀思璿盯著尹和暢，「尹助理，我有得罪你嗎？只是個會議錄音而已，有這麼困難嗎？」

尹和暢一咬牙，從抽屜裡拿出還沒來得及銷毀的錄音筆遞給她：「就只有喬部長一個人說了話，妳帶回去慢慢聽吧！」說完，又小聲嘀咕了一句，「別讓別人聽到，會影響到喬部長的形象。」

紀思璿越看越覺得尹和暢古怪，收下錄音筆便走了。

喬裕回去的時候沒有回家，而是去了紀思璿家樓下，其實喬裕不太記得到底是哪一戶，只是勉強靠著模糊的記憶找到那一棟，車子停在大樓前，他坐在車裡，仰頭看著亮起的窗口。

不知過了多久，他回過神來，一手伸進儲物櫃裡摸菸和打火機，一手打開車窗，無意間眼角餘光掃到車窗外竟然站著一個人，嚇了一跳。

紀思璿彎著腰看他，抱在胸前的包包裡探出一顆貓腦袋，「你怎麼在這裡？」

喬裕剛剛拿出菸和打火機，手停頓在半空中，收回來也不是，放回去也不是，渾身僵硬一臉緊張地看著她。

紀思璿看他半天沒反應，探了探頭，很快便看到車裡的情況，一臉抓包的得意樣：「喬部長不是說已經戒菸了嗎？」

喬裕有些羞愧，把菸扔回儲物櫃裡，打開車門走下來，「偶爾才抽，很久沒碰了，一碰就被妳撞見了。」

紀思璿也不是沒心沒肺，更何況喬裕眉宇間帶著幾分疲憊，「是不是我給你惹麻煩了？」

喬裕一臉寬慰地笑了笑，「沒有，怎麼會呢？」說完垂下雙眸，撫了撫大喵的腦袋。

紀思璿咬了咬唇：「聽說，薄季詩……」

喬裕抬頭看著她：「沒什麼大不了的，有我在。」

紀思璿看著他的眼睛：「是這件事沒什麼大不了的，還是說薄季詩沒什麼大不了的，抑或是……我沒什麼大不了的？」

喬裕忽然毫無預兆地上前輕輕擁住她，一手放在她的腦後，一手搭在她的腰間。

紀思璿一愣，忽然不敢動了，也說不出一句話來。

其實他只是虛攬著她，更何況中間隔著大喵，她輕輕一掙便能掙脫出來。

喬裕大概在等她適應，看她沒有反抗才微微用力拍了拍她的後背，歪頭輕輕蹭了一下她的側臉，很快鬆手，抬頭壓了壓她隨著夜風飛起的長髮：「妳怎麼會是沒什麼大不了的呢？」

紀思璿忽然紅了臉，垂著眼睛半天才想起來，眼神閃爍地凶他：「你剛摸了大喵，不要再來摸我！」

喬裕低下頭沉沉地笑出來，夜風中他的笑聲傳得很遠，而後在她惱羞成怒的眼神裡收起笑容，「怎麼回來得這麼晚？」

紀思璿低頭找了找，舉著錄音筆給他看：「我去找尹和暢要會議的錄音了，結果他磨磨蹭蹭地都不肯給我。」

喬裕又是一僵，本能地想要去搶那支錄音筆，卻被紀思璿躲了過去。

紀思璿覺得不只尹和暢，連喬裕聽到「會議錄音」幾個字都變得怪怪的，「你幹什麼？」

喬裕故作鎮定：「開會也沒說什麼，妳還是別聽了，給我吧。」

紀思璿對這個錄音更好奇了，索性塞到包包最裡面，「不給，你走吧，我要回去聽錄音了。」

喬裕拉住她，似乎真的著急了，跟她打商量：「真的沒什麼好聽的，給我吧。」

紀思璿拍掉他的手，笑得溫柔：「喬部長開車回去，路上小心點喔。」說完頭也不回地走了。

喬裕撫著額歎了口氣，站在原地很久才上車回家。

回去的路上他本就心不在焉，又接到了薄季詩的電話。

薄季詩的態度好得令人髮指：『白天的事情實在不好意思，本來想當面跟你道歉的，可是你好像一直很忙。我表妹年紀小不懂事，我已經罵了她，希望你不要介意。』

本來這個僵局要由喬裕打破，現在薄季詩主動示好反倒讓他有些不好意思：「算了，以後注意就好了，這件事本來就是個意外。」

薄季詩還是一貫的溫婉得體，『要不然明天我請你和紀思璿吃飯，算是賠罪？』

喬裕想了一下，「再等等吧，她和你不一樣，一向驕傲得很，沒那麼快好。」

『了解，有才華的人傲氣一些也是理所當然的。』薄季詩忽然轉移話題，『之前你說的那個女朋友……是紀思璿吧？』

喬裕倒是有些吃驚，畢竟他從沒跟她提過紀思璿的具體資料：「怎麼猜到的？」

薄季詩笑了起來：『女人的第六感啊。』

喬裕也沒打算瞞她：「是她，怎麼了？」

『嗯……』薄季詩頓了頓，『怎麼說呢，和我想的不太一樣，我記得你以前說過，喜歡溫柔嫻靜的賢妻良母。』

喬裕乾脆打了方向燈靠邊停車：「我也以為我會喜歡溫柔嫻靜的賢妻良母，但事實上我喜歡的那個類型叫『紀思璿』。」

薄季詩沉默了一會兒忽然反應過來：『你當初沒那麼排斥我，是不是因為我名字裡有個同音的「季」字？』

喬裕忽然不說話了。

薄季詩知道喬裕不想繼續談這個話題，他行事一向溫和，很照顧對方的感受，對於不想回答的問題從不拒絕，但是會保持沉默。

『嘖嘖嘖，真是……怪不得今天你會那麼生氣，甯純也是活該。我本來還打算幫她求個情，看來是沒什麼必要了。』

面對薄季詩的試探，喬裕並不接招，只是輕笑了一聲。

『我表妹從小就被她父母寵壞了，我父親也很喜歡她，不然也不會讓她跟著我。以後合作的時間還很長，有些地方要是她做得不妥當，你就當給我個面子，多多包涵。』

喬裕總歸是要給薄家的面子，即便他在上級和自己的父親面前表現得那麼強勢，但也不想看著喬燁前期的心血付之東流，他緩了口氣：「妳是聰明人，猜得到我的底線。只要不觸及我的底線，我自認為還是個很寬容的人。」

說完正事之後，喬裕就有些心不在焉，薄季詩很識趣地掛了電話。

手機螢幕很快暗了下去，喬裕卻不急著重新上路。他盯著手機忽然有些緊張，不知道紀思璿聽到那些話之後會有什麼反應。就算他不想承認，卻也不得不承認，他們畢竟分開了六年，沒有見面，沒有聯繫，連那一點點資訊也是從別人口中輾轉聽到，也無從考證真實性。

六年，說長不長，他卻覺得度日如年，行屍走肉般地數著日子。說短也不短，足夠改變一個人。在跟時間的對抗中，他們是不是都是不願妥協，不願改變，一如當初的模樣？

紀思璿回到家餵完大喵，洗了澡躺到床上之後才打開錄音筆，邊閉著眼睛敷面膜邊聽。剛開始的情況她在場，並沒什麼特別的，但從她離開會議室之後是一大段空白。她以為沒電了，睜開眼睛看了一眼，指示燈正常，她還以為沒有了，果真如喬裕所言，沒什麼可聽的，隨手就關了。

臨睡前，她還是覺得哪裡不對，喬裕和尹和暢的反應實在很奇怪，既然什麼都沒有，那兩個人到底是在緊張什麼？她便又打開錄音筆，聽到一大段空白時也沒關，就這麼一直等著。

喬裕的聲音就在她快要睡著的時候毫無預兆地響起，紀思璿猛地睜開眼睛。

他的聲音從錄音筆裡傳出來，帶著沙沙的電流聲，和以往清和帶笑的聲音不同，能明顯感覺到他的不悅。

『我這個學妹不喜歡別人這樣叫她，以後不要再這樣稱呼她了……高高在上的那個人，也該是我。』

她認識的喬裕從來都是低調謙遜的，從來沒有說過這麼孤傲自大的話。

紀思璿關掉錄音筆，終於知道喬裕跟尹和暢這麼彆扭是為什麼了。

原來剛才他在她耳邊說的那句「有他在」不是隨口說說而已。

紀思璿不知道如果今天她沒有堅持非要拿到錄音檔，自己又會錯過什麼。

隨憶說得對，喬裕真的是只會做，不會說的人。

她忽然有些不知所措，她不知道現在和喬裕到底是什麼關係。說實話她不是不感動，可是要破鏡重圓嗎？他沒說過，她也不甘心就這麼束手就擒。

對，她不甘心。她一直都知道自己除了喬裕，不會再喜歡上別人，但又不甘心就這樣放過他。如果真的束手就擒了，那她這些年又算什麼？他當初為了所謂的前途捨棄了她，如今事業有成了，便又打算坐擁江山及美人？哪有這麼便宜的事。

可是，喬裕怎麼看都不像是會為了前途而捨棄她的人。

紀思璿把臉埋進枕頭裡，隨憶說得對，她就是做作。

她在床上翻來覆去，一不小心踢到放在床邊桌上的繪圖紙。她這才想起還有人在等她的答覆，打開繪圖紙看了幾眼，忽然下定了決心。

◇

第二天，紀思璿打電話給喬燁說她準備接下這個案子，喬燁卻約她去看看那棟別墅。

那塊地依山傍水，不遠處有片湖，而且離市區近，也很安靜，確實是個好地方。紀思璿忍不住誇讚：「地方很好啊，天先生對女朋友真好。」

喬燁卻忽然問：「紀小姐喜歡這裡嗎？」

紀思璿有些疑惑，「嗯？」

喬燁一時大意，不慌不忙地圓謊：「因為我想給女朋友一個驚喜，沒帶她來看過，所以想問問紀小姐從女生的角度來看，會不會喜歡這裡。」

紀思璿環顧了一圈：「您女朋友我不知道，但單純從我的角度來看，我很喜歡。」

大致看了一圈之後，兩人坐在湖邊的草地上休息，附近隱隱可見正在建造的別墅區。紀思璿偷偷打量了喬燁一眼，暗暗咂舌，又一個土豪。

喬燁遞了瓶水過去，「紀小姐有沒有想過，以後的家是什麼樣子？」

「我嗎？嗯……」紀思璿頓了一下，老實回答，「以前想過，後來就不想了。」

喬燁很好奇，「為什麼？」

紀思璿看著湖面，微微出神，「因為找不到另一半啊，一個人住再好的房子也就是個房子，不是家。」

喬燁笑起來：「紀小姐這麼漂亮又有才華，怎麼會沒有人喜歡，是太挑了吧？」

紀思璿忽然轉頭看著喬燁，不知道為什麼，這個男人給她一種很熟悉的感覺，可是她確定自己不認識他。這種熟悉的感覺讓她卸下防備，如朋友般閒聊著。

「其實你也很帥，看你的樣子也是事業有成，追你的女人肯定不少吧？所以你肯定知道那種感覺，你做什麼別人都會先看你的臉，然後就會下定論，你就負責貌美如花好了。其他的他們就不會再多看一眼，無論你多努力，別人都不會感興趣。女孩子太漂亮也不是什麼好事，會被同性排擠，會被人說成花瓶，再多的努力、再好的成績都會被歸功到長得好看。同理啊，異性喜歡你多半也是喜歡你的容貌，膚淺又無趣。」

喬燁深有同感，就像前幾年，無論他多努力做出多好的成績，都會被歸功到喬家的庇護上來，「這個話題好像太沉重了。說點別的，妳一個女孩子為什麼非得在這個男人的行業裡插一腳？其實學建築不一定非要做建築師。」

「剛開始是為了某個約定，可是後來對方爽約了。再後來……」紀思璿低頭撫弄著腳邊的雜草，聲音忽然低下去，「歷史上有個女人，叫呂碧城，你聽說過嗎？」

喬燁想了想，「絳帷獨擁人爭羨，到處咸推呂碧城？」

紀思璿驚喜地抬頭看了喬燁一眼，「對，就是她。」說完又低下頭去，「我想做到最好，想讓他知道，當初的約定我一直在努力，即便是他放棄了，我也會一個人完成夢想。我要閃耀一輩子，讓他一輩子都無法忘記。還有一個原因，當初我們在一起有很多人不看好，後來分開了也有很多人看笑話。不是說人以群分嗎？我希望以後別人說起我的時候，會因為他是我以前的男朋友而多看他一眼。他們說我不配擁有他，我就想讓所有人都知道，他愛過的人是值得他愛的，配不配，我說了算！」

喬燁知道紀思璿說的是普立茲克，當年喬裕不只跟他提過一次。

那個少年笑著叫他哥哥，談起普立茲克的時候，眼睛裡滿滿都是對夢想的渴望和興奮，那種摩拳擦掌的朝氣，那種亮得發光的眼神，喬燁永遠都記得。

喬燁想到這裡忽然笑了，紀思璿抬頭看他，然後愣住。

喬燁很快回過神：「怎麼了？」

紀思璿搖頭，勉強笑著：「沒什麼，就是覺得你笑起來像我認識的一個人。」

喬燁怕再聊下去會被紀思璿看穿，約好了簽合約的日子便回去醫院。

喬燁推開病房的門就看到喬柏遠在等他，似乎等了有一會兒。

他換了病患服從洗手間出來，喬柏遠才開口：「怎麼跑出去了？」

喬燁並不打算讓喬柏遠知道這件事，隨口說道：「在醫院待得悶了，就出去走走。」

喬柏遠也沒多問，「這幾天有點忙，沒過來看你，身體怎麼樣了？」

喬燁在喬父面前難得活潑，「您看我精神不是很好嗎？」

喬柏遠看著越來越瘦的喬煒，心裡有些難過，卻沒有表現出來，只是點點頭。

喬煒卻看出了什麼，「您是不是有什麼心事？」

喬柏遠確實心裡有事，沉吟半晌後說：「我對你弟弟……是不是太不關心他了？」

喬柏遠難得這麼坦誠，喬煒有些驚喜：「您不會不知道，前幾年樂曦對您意見那麼多，和您對喬裕的態度不是沒有關係。我之前也跟您提過，您聽不進去。當年……當年那件事，您這個做父親的和我這個做哥哥的都有責任。」

喬柏遠點頭，似乎在反思，半晌又開口：「他好像有喜歡的女孩子了？」

喬煒不知道喬柏遠是知道了什麼，還是只是隨口一問，有些心虛，「他自己說的？」

喬柏遠也不確定，「算是吧。」

喬柏遠說了那天的情況之後，喬煒臉上的笑容越積越多：「爸，喬裕的眼光比我們想像的都要好，他為了喬家已經放棄了那麼多，這件事就讓他自己做主吧。」

不知道喬柏遠有沒有聽進去，最後他只是點了點頭，轉而說起別的事情。

—未完待續—

高寶書版集團
gobooks.com.tw

YH 040
只想和你好好的（上）

作　　者　東奔西顧
特約編輯　米　宇
助理編輯　陳凱筠
封面設計　鄭婷之
內頁排版　賴姵均
企　　劃　方慧娟

發 行 人　朱凱蕾
出　　版　英屬維京群島商高寶國際有限公司台灣分公司
　　　　　Global Group Holdings, Ltd.
地　　址　台北市內湖區洲子街88號3樓
網　　址　gobooks.com.tw
電　　話　(02) 27992788
電　　郵　readers@gobooks.com.tw（讀者服務部）
傳　　真　出版部(02) 27990909　行銷部 (02) 27993088
郵政劃撥　19394552
戶　　名　英屬維京群島商高寶國際有限公司台灣分公司
發　　行　英屬維京群島商高寶國際有限公司台灣分公司
初　　版　2021年6月

國家圖書館出版品預行編目(CIP)資料

只想和你好好的 / 東奔西顧著. -- 初版. -- 臺北市
: 英屬維京群島商高寶國際有限公司臺灣分公司,
2021.06
　面；　公分. --

ISBN 978-986-506-149-4（上冊：平裝）. --
ISBN 978-986-506-150-0（下冊：平裝）. --
ISBN 978-986-506-151-7（全套：平裝）

857.7　　110007954

GOBOOKS
& SITAK
GROUP ©